이웃들

진하리 소설집

이웃들

진하리 소설집

아시아

차례

1

세 시가 넘었는데 아이들이 오지 않았다. 오늘은 야외수업
이니까 늦으면 안 된다고 강조해두었는데. 놀이터나 분식집으
로 샜다면 다행인데 엉뚱한 사건에 휘말렸을까 봐 태미는 그
게 걱정이었다. 얼마 전 성민이란 아이는 실수로 바지에 똥을
싸서 학교 화장실에 숨었다가 실종으로 신고되었다. 덕분에 성
민엄마가 계모라는 소문이 학부모들 사이에 파다하게 퍼졌다.

어쩌겠어. 태미는 소파에 털썩 주저앉았다. 그러잖아도 요
즘 태미는 기분이 들쑥날쑥했다. 매일 해가 쨍쨍하고 미세먼

지도 없었으며 봄꽃이 흐드러지게 피어나는데. 몇 달 전 둘째를 사산한 뒤엔 산후우울증까지 찾아왔다. 파리에서 돌아와 십 년 넘게 해온 개인 작업도 그만뒀다. 모든 건 한꺼번에 들이닥쳤다.

아이를 잃기 전까지만 해도 태미는 그림에만 몰두했다. 쌓여가는 그림을 볼 때마다 속상하고 막막했지만 좌절하진 않았다. 시간이 필요할 뿐이라고 마음을 다독였다. 그래, 누구에게나 때는 오는 법이니까. 하지만 언젠가부터 지역사회특별전에서조차 태미를 초청하지 않았다. 태미는 작업실의 비싼 월세, 절필 후의 허전한 시간을 메우느라 몇 개의 미술반을 개설했다. 저녁 성인반과 중고등반은 하나씩, 초등반은 입소문을 타서 두 개로 늘렸다. 수많은 개인전과 단체전 이력은 태미의 간판이 되었다. 학부모들은 언제나 화려한 걸 좋아했다.

머저리들.

봄의 한가운데였으므로 용산공원은 그야말로 연둣빛이었다. 태미는 동네 뒤쪽의 국립공원에 반해 여기에 정착했다. 미술작업실은 공원과 더 가까웠다. 앞으로는 한강, 뒤로는 공원이 드넓게 펼쳐진 이곳에서 태미는 많은 유화 작업을 했다. 같은 장소라고는 믿을 수 없을 만큼 풍경은 빨리빨리 모습을 바꿨다. 그날의 기분까지 더해지면 매 순간이 달랐대도 과언이 아니다. 태미는 그런 변화를 화폭에 담았다. 풍경과 기억이라는 테마로. 풍경은 우리에게 어떤 모습으로 기억되는지 기억 속의 풍경은 이전과 얼마나 다른지에 대하여. 올해는 한 번도 붓을 잡지 않았는데 작업실엔 테라핀과 아마씨유 냄새가 가시질 않았다. 태미는 습관처럼 크게 숨을 들이마셨다. 그리고 한숨을 내쉬며 지역사회커뮤니티에 접속했다.

전날 태미가 익명으로 올린 글이 게시판 상단에 떴다.

비밀을 폭로하겠습니다.

종종 이런 류의 글들이 올라왔다. 누군가 무단 주차를 했다거나 어린이보호구역에서 신호를 어겼다거나 불법 유턴을 했다고. 얼마 전엔 주차 공간을 두 자리나 차지한 노란 슈퍼카가 고발당했다. 고발자의 글은 간단했다. 불법 주차된 지 일주일째라고, 양심을 지키라고. 사진은 번호판만 모자이크된 채 게시되었는데 태미네 아파트 단지 주차장 지하 이 층이었다. 태미도 늦은 밤에 만차된 주차장을 빙글빙글 돌다 그 차를 보았다. 모른 척 지나치기엔 색이 너무 튀었다. 모자이크를 삭제한 두 번째 사진이 올라오기 전에 슈퍼카는 사라졌다.

태미는 자신이 올린 게시글을 다시 읽어봤다.

당신의 남편은 뭘 하고 있을까요?

야근 때문에 힘들어하나요?

대기업에 다니는 당신의 남편은 둘째를 임신한 부인을 기만하고 거래처 여직원과 연애 중입니다.

내연녀에게는 이렇게 고백했다고 하네요.

실수로 임신해서 결혼했다고, 사랑하는 건 너뿐이라고.

무엇이 정당한 방법일까 며칠을 고민했습니다.

다음엔 사진을 올려드리죠.

사진은 없었다. 그냥 덧붙인 말이었고 전해 들은 스캔들일 뿐이었다. 며칠 전 태미의 여동생이 주말 아침부터 전화해서는 분통을 터트렸다. 동생은 내연녀의 직장 동료였는데 술자리에서 그녀의 사정을 알게 됐다. 여동생은 당당한 내연녀의 태도에 화가 나서 그 자리를 바로 떠났다고 했다. 얘기하다 보니 상대 남자가 태미의 이웃이었다. 태미가 가르치는 초등학생, 루키의 아빠. 그는 키가 크고 슈트가 잘 어울렸다. 루키엄마는 곧 만삭인데도 헬스클럽에 빠지지 않고 나왔다. 빈틈없이 몸에 달라붙는 요가레깅스를 입고.

태미는 두 손으로 배를 감싸 안았다.

현관 벨이 요란하게 울렸다.

2

자기야, 잘 지냈어?

해준엄마는 보이지 않는 힘으로 태미를 밀어내며 안으로
들어섰다. 그녀는 항상 뻔뻔하고 거침없었다. 태미는 내키지
않는 기분으로 한발 물러섰다. 그리고 그녀의 배에 캥거루처
럼 매달린 아기를 보고 놀랐다. 이제 한두 달 된 갓난쟁이였
다. 그녀는 끊임없이 임신했고 아기를 낳았다. 처음 만났을
때부터.

어쩐 일이야?

태미는 우두커니 서서 그녀를 맞았다.

우리 몇 년 만이지? 이 년?

그녀는 소파에 엉거주춤 앉았다. 태미는 그녀가 다른 자세
로 저 소파에 앉는 걸 보지 못했다.

어디로 이사 갔었지?

태미가 아기를 보며 물었다. 불현듯 사산한 아이의 모습이
떠올랐다. 태미는 그때 아이 얼굴은 보지 않았다.

김포. 공항에서 엄청 가까워.

아기가 칭얼대자 그녀는 자리에서 일어나 아기를 살살 흔들었다.

돌아온 거야?

태미는 거리를 두고 선 채로 물었다.

자기야. 그녀가 아기띠를 벗어서 한쪽 팔로 아기를 안았다. 그냥 놀러 온 거야, 소풍. 오늘 준이도 소풍 갔거든. 해준은 태미의 아들 지훈과 동갑이었다. 아이들은 벌써 초등학생삼 학년이 되었다. 솔아, 아줌마한테 인사해야지. 그녀는 춤추듯 반 바퀴 돌아 아기의 얼굴을 태미 쪽에 두었다. 아기의 얼굴은 생각보다 빨갰다. 봐봐, 예쁘지? 자기가 솔아, 하고 불러봐. 그녀가 갑자기 어린애 목소리를 흉내 냈다. 안녕하세요, 제 이름은 해솔이에요.

솔아. 태미는 아기의 이름을 건조하게 불렀다. 태어난 지얼마나 된 거야?

두 달 됐어.

아아, 두 달. 태미는 시계를 확인했다. 벌써 세 시 이십 분이었다. 준이엄마, 잠시만 기다릴래? 애들한테 전화를 해봐야할 것 같아. 세 시부터 수업이라서. 태미는 휴대폰을 집었다. 버튼을 누르자 조금 전 확인한 자신의 게시글이 화면에 떠올랐다. 그사이 또 댓글이 늘어났다. 태미는 휴대폰을 가진 아이들을 골라 전화했다.

애들도 가르쳐? 저녁에만 성인미술반 했었잖아. 그러고 보니 자기 그림도 없다?

해준엄마는 주위를 두리번대며 다시 소파에 앉았다. 아이들은 전화를 받지 않았다.

그림은 관뒀어.

태미는 아이들에게 메시지를 보냈다. 어디냐고, 연락을 받지 않으면 부모님께 연락할 수밖에 없다고.

그만뒀다고? 왜?

뭐, 그렇게 됐어.

태미는 학부모들의 연락처를 검색했다.

참, 자기는 임신 안 했지?

그녀가 갑자기 웃음을 터트리며 말했다.

응? 태미가 놀라서 되물었다. 임신?

그래, 임신. 그녀는 커다란 눈으로 태미의 가느다란 허리를 빠르게 훑었다. 커뮤니티에 모처럼 재밌는 글이 올라와서. 못 봤구나?

태미는 그녀의 이름이 기억나지 않았다. 가, 영이었던가? 아니 나, 영? 다영? 여하튼 태미는 그녀를 준이엄마라 불렀다. 그녀는 태미를 아들 이름인 지훈아, 라고 했고. 보통은 서로 '자기'라는 호칭을 붙이는 게 편했다.

자기야, 이렇게.

그녀는 아이들이 네 살일 때 처음 만났다. 지훈과 해준은 같은 어린이집에 다녔고 세 시쯤 하원해 근처 놀이터에서 놀았다. 그녀는 첫 만남부터 인상 깊었다. 맑으면서도 카랑카랑했던 목소리는 지금 생각해도 또렷하니까. 둘째를 임신 중이었던 준이엄마는 네 살 해준에게 말했다. 알록달록한 정글짐 여기저기를 가리키며 영국식과 미국식이 적당히 섞인 억양과 발음으로. 블루우, 뤠에드, 옐로우, 옳지, 그륀이인. 해준이 손에 들고 있던 사탕을 건네자 그녀는 큰 눈을 더욱 동그랗게 치뜨며 물었다. 이즈 뎃 포올 미이? 태미는 피식 웃음이 나왔다. 해준의 눈이 엄마만큼이나 커서. 그녀와 너무도 닮아서. 해준은 입을 동그랗게 모아 엄마의 말을 따라 했다. 이스, 데, 포, 미이? 그녀는 짝짝짝짝 아이처럼 박수쳤다. 어느새 지훈은 계단을 올라 미끄럼틀 꼭대기에 섰다. 헤이, 와쯔 유얼 네임? 지훈은 잠깐 그녀를 쳐다보더니 뛰듯이 미끄럼틀에 몸을 맡겼다. 지훈을 본 해준이 정글짐을 타고 오르자 그녀는 천천히 태미에게 다가왔다. 걸어오는 동안 태미에게서 눈을 떼지 않았다. 태미는 그렇게 눈이 큰 여자는 처음 봤다.

지훈은 해준이 있으면 태미를 찾지 않았다. 지훈과 해준은 좀체 다투는 법이 없었다. 벤치에 나란히 앉아 아이들을 지켜보다 둘은 조금씩 가까워졌다. 어느 날 그녀가 뜬금없이 물었다.

자기 혹시 크리스천이니?

햇볕이 어지럽던 네 시쯤이었나. 여름이었고, 아이들은 신발을 벗어 던진 채 두더지처럼 모래를 파고 있었다.

응? 으응.

태미가 자신 없는 목소리로 대답했고,

오, 아멘. 그녀가 말했다. 그렇지? 그럴 줄 알았다니까.

그런데 초신자야. 태미가 변명하듯 덧붙였다. 교회 나간 지 몇 달 되지도 않았는걸. 사실 난 성경도 안 봐.

와우, 나아더 프라블럼.

그녀는 기분이 좋을 때면 영어를 더 많이 섞어 썼다. 그녀는 인터넷 강의를 비롯해 영어예배까지 드리며 독하게 공부했다. 언젠가 그녀는 말했다. 영유가 별거니? 부모가 영어를 생활화하면 되는 거지.

그런데 크리스천인 건 왜?

태미가 물었다.

갓 이즈 러브. 그녀는 태미의 손을 지그시 잡았다. 예수님은 자길 가장 사랑하셔. 알지? 자긴 누구보다도 사랑스런 사람이야.

읽어볼래?

그녀가 태미의 게시글을 찾아서 휴대폰을 태미 쪽으로 내
밀 때 현관문이 요란한 소리를 내며 열렸다.

3

아이 여섯 명이 한꺼번에 뛰어들었다. 모두 삼 학년이었다.

루키가 없네?

태미가 물었다.

걘 아프다고 집에 갔어요.

어디?

머리? 배?

아이들이 까르르 웃음을 터트렸다. 태미가 인상을 쓰며 말
했다.

왜 이렇게 늦었어?

루키 때문에요, 스노우빙수를 쏜다잖아요. 상가에 새로 생
긴 카페 알죠? 우린 엄청, 빨리, 빛의 속도로 먹었다고요. 진
짜예요. 이제 얼른 나가자고요!

아이들은 또 까르르 웃었다.

알았어, 잠시만.

태미는 루키엄마에게 카톡을 보냈다. 루키가 화실로 오지 않았다고, 애들 말에 의하면 아마도 집으로 간 것 같다고.

지금 나가는 거야?

해준엄마가 물었다.

어쩌지? 야외수업이거든.

태미는 한시라도 빨리 그녀와 헤어지고 싶었다.

잘됐네. 그녀가 서둘러 아기띠를 매며 말했다. 같이 가자, 날씨가 이렇게나 좋은데!

미안, 수업이잖아.

태미는 '수업'이라는 말에 힘을 줬다.

노오우 프라블럼. 아기가 갑자기 울음을 터뜨렸다. 그녀는 아기를 어르며 말했다. 자기야, 내가 말했잖아, 솔이랑 소풍 나왔다구. 내가 용산공원을 특히 좋아했던 건 기억하지? 그리고 이따 성민엄마를 보기로 했거든. 걔, 임신해서 휴직했잖아. 오오 걱정 마, 자기한테 절대 피해 주지 않을게. 정말이라니까. 그나저나 우리 셋, 대체 몇 년 만이니!

그녀는 태미에게 틈을 주지 않았다. 아기는 이제 자지러지게 울었다. 태미는 모든 게 마뜩잖았다. 시끄러워! 시끄럽다고! 아이들이 큰소리로 외쳤다. 조용히 해! 태미도 소리쳤다. 태미는 혼이 빠질 것만 같았다. 멀찍이 선 그녀만이 태연해 보였다. 늘 이런 식이었어. 태미는 크게 심호흡했다. 자자, 나가자, 나가자구. 태미는 아이들에게 휴대용 이젤을 나눠줬다. 그리고 양손에는 화구박스를 들었다. 해준엄마는 앞장서 신발을 신더니 어디론가 급하게 전화했다.

자기가 여기로 올래? 아니아니, 그럼 용산공원으로 와.

해준엄마는 우르르 몰려나가는 아이들 때문에 복도로 떠밀렸다. 그녀의 목소리는 복도에서 더 맑고 높게 울렸다.

롸잇 나우! 오케이?

그녀가 전화기에 대고 말했다.

뛰지 말고 천천히!

태미가 소리쳤다. 하지만 아이들은 복도를 쏜살같이 빠져 나갔다.

가을이었던가?

오 년 전 태미는 소규모 갤러리 소속으로 동시에 세 군데의 단체전에 작품을 냈다. 작가로서 한창 바쁜 시기였다. 해준엄마는 꽃다발을 들고 코엑스 주최의 부스전시회에 찾아왔다. 놀이터에서 한두 번 인사를 나눴던 성민엄마와 동행했다.

태미는 예상치 못했던 이웃의 등장과 완벽하게 화장한 해준 엄마의 얼굴에 놀랐다. 고데기로 말아 풍성해진 그녀의 머리카락이 어깨 위에서 쉴 새 없이 찰랑댔다.

그녀는 무언가를 끊임없이 얘기했다. 성민엄마는 그녀 곁에서 조용히 미소만 지었다.

이 조그맣고 동그란 스티커는 뭐야?

해준엄마가 작품 밑에 붙은 붉은 스티커를 손가락으로 가리켰다.

팔린 그림에 붙이는 거야.

태미가 대답했다.

해준엄마는 태미의 그림을 빠르게 훑었다. 자기 건 하나도 안 팔렸네? 성민엄마가 팔꿈치로 해준엄마를 쿡 찔렀다. 아니 내 말은 그러니까, 전시가 일주일도 더 남았잖아? 그치? 그녀는 성민엄마를 쳐다보며 어색하게 깔깔댔다.

리플릿 있어요?

성민엄마가 물었다.

그래 자기야, 나도 줄래?

둘은 뒤돌아 두리번댔다. 부스 입구마다 엽서 모양으로 만든 리플릿을 쌓아두긴 했다. 태미는 그녀들에게 리플릿을 건넸다.

전 미술 시간을 가장 좋아했어요, 소질이 없단 게 문제였죠.

성민엄마가 말했다.

어머, 어머, 그랬니?

해준엄마는 상대방의 말에 과하게 반응하는 습관이 있었다. 마침 부스로 동료들이 들어와서 태미는 자연스럽게 몸을 돌려 그들을 맞았다.

이게 좋겠어요.

성민엄마가 태미의 그림 중 하나를 가리켰다. 하얀 바탕에 가지만 무성한 한겨울의 배롱나무. 두껍게 겹칠한 유화 물감 표면을 그라인더로 갈아내고 조각칼로 다듬은 작품이었다. 집에 걸어두기에는 어둡고 탁하고 음울했다.

다 보지도 않으셨잖아요?

태미는 그녀가 화랑을 충분히 둘러보았으면 했다. 하지만 성민엄마는 단호했다.

이거 말이에요.

그녀는 이미 포털사이트에서 태미를 검색해봤고 인스타에 올린 작품 모두를 감상했다고 말했다. 와우 판타스틱, 왜 귀띔도 안 해준 거야? 해준엄마는 그림을 구매하는 사람은 처음 본다면서 목소리를 높였다. 태미도 처음이었다. 모르는 사람이 자신의 그림을 선택한 건. 그런데 왜 하필이면 이파리 하나 없는 배롱나무였을까?

얼마 뒤 성민엄마는 해준엄마와 태미를 집으로 초대했다.

태미는 와인셀러에 오 년 동안 넣어둔 고가의 적포도주를 가져갔다. 보르도 와이너리에서 가져온 빈티지 와인으로. 성민네 집은 사십오 평형 남향이라서 오후가 되자 해가 정면으로 들이쳤다. 거실 통유리창은 투명하고 깨끗했다. 셋은 거실이 보이는 다이닝테이블에 앉아 식사를 마쳤다. 통밀 바게트는 고소했고 새우젓 파스타는 삼킨 뒤에도 침이 고였다. 디저트는 직접 구운 생강 쿠키와 스페셜티 원두로 만든 드립커피였다. 태미는 신선한 커피향을 맡으며 거실 너머를 바라보았다. 단지 사잇길 끝에는 한강이 눈부시게 반짝였다. 태미네 거실에선 앞 동의 우레탄 지붕과 하늘만 보였다.

사 층인데도 경치가 끝내주네. 해준엄마가 말했다. 자긴 몇 동이야?

나?

태미가 되물었다.

그래, 자기.

백육 동.

태미가 대답하자마자 그녀가 기다렸단 듯 빠르게 되물었다.

몇 층?

이십이 층.

태미는 무심하게 대답했다. 소파 위에 걸린 배롱나무가 자신의 그림 같지 않다고 생각하면서.

삼십팔 평? 좋겠다, 자기들은.

해준엄마는 말끝을 길게 늘이며 태미가 가져온 와인병을 만지작댔다.

마실래?

성민엄마가 물었다.

그럴까?

해준엄마가 태미를 쳐다봤다. 하지만 태미는 한 시간 뒤면 나가야 했다. 아들은 어린이집에 세 시까지만 맡겼다.

미안, 애한테 가야 해서. 자기들은 아냐?

나아더 프라블럼, 마시다 가면 되잖아?

해준엄마가 권했지만 태미는 내키지 않았다.

난 커피를 더 마실게.

결국 그녀 둘만 잔을 채웠다. 해준엄마는 와인을 몇 번 홀짝이더니 어두운 표정이 되었다.

무슨 일 있어?

성민엄마가 물었다.

그러게. 자기가 말을 아끼니까 분위기 다운이야. 해가 이렇게 쏟아지는데!

정말이었다. 하얀 대리석 바닥이 튕겨낸 햇빛 때문에 태미
는 눈이 멀어버릴 지경이었다.

응, 사실 그게……. 그녀는 잠시 망설이다가 말했다. 전세
금 때문에, 자기들은 이해하지 못하겠지만.

침묵이 흘렀다. 태미가 느끼기엔 긴 고요였다. 이럴 땐 대
체 무슨 말을 해줘야 하는 걸까? 그런 문제는 한낮의 식사 자
리에 도무지 어울리지 않는 주제였다. 해준엄마는 진지하게
말을 이었다. 오래된 열여덟 평 아파트에 사는 게 얼마나 지
긋지긋한지에 대해. 몇 번이나 서울 외곽으로 떠나려 했지만
실패했다고. 그녀는 청년 때부터 다니던 교회 옆에 살려고 무
리해서 여기에 신혼집을 구했다. 그녀와 교회공동체는 가족보
다도 끈끈해 보였다. 태미는 그녀의 얼굴을 자세히 들여다보
았다. 피부는 푸석거렸고 생기는 사라졌다. 뮤지컬 배우였단
게 믿기지 않을 정도로.

또 일억을 어디서 구하겠어, 지금도 대출이 꽉 찼는데. 그
녀는 혼잣말을 중얼대며 빈 잔을 채웠다. 그나저나, 남편이랑
은 어때?

말했잖아, 재혼하고 나선 좋다고.

성민엄마가 잠긴 목소리로 대답했다.

갓 이즈 러브.

그녀는 성민엄마의 손을 지그시 잡았다. 재혼이라고? 태미
는 자기도 모르게 해준엄마의 와인을 단숨에 들이켰다.

쿨. 그녀가 큰 눈을 더 동그랗게 뜨며 물었다. 괜찮아?

왜 그랬을까? 그녀가 태미의 손을 지그시 잡던 순간 태미
는 무너졌다. 사춘기 소녀들이 자랑삼아 서로의 불행을 겨루
듯 태미도 고백하고 말았다. 개인적인 사정이야 누구에게나
있기 마련이니까. 주먹에 꼭 쥐고 있을 땐 몰랐는데 펼쳐 보
이고 나니 수치심이 되는 것들. 절대로 주먹을 펼쳐 보이는
일 따위는 하지 말았어야 했다. 백번을 돌이켜봐도 태미는 그
날의 자신을 이해할 수 없었다.

세상에. 갓, 이즈, 러브, 라니.

4

봄볕이 따스했다. 용산공원을 걷는 내내 해솔의 울음소리
가 그림자처럼 따라왔다. 태미는 미리 정해두었던 장소에 도
착했다. 느티나무가 가장 울창한 곳이었다. 그곳에서만 그리
되 어느 방향이어도 좋다고 아이들에게 말했다. 아이들은 모
두 다른 방향으로 자리를 잡았다. 태미는 풍경 구도에 대해

설명한 뒤, 오늘은 스케치를 완성하고 자신이 그린 풍경을 기억에 담아두라고 했다. 스케치는 가능한 한 자세히, 그러나 풍경을 사진으로는 남기지 말고. 채색은 다음 주에 미술작업실에서 할 것이다. 세 번째 주엔 완성된 그림과 같은 장소를 사진으로 찍을 것이고, 사진을 보고 한 장을 더 완성할 것이다. '같은 자리, 다른 풍경'이 이번 달 프로젝트였다.

태미는 송홧가루 때문에 재채기를 하다가 성민엄마와 눈이 마주쳤다. 그녀는 해를 정면으로 받으며 걸어왔는데 그야말로 만삭 임신부였다. 성민엄마가 먼저 손을 흔들었다. 태미도 억지로 미소를 지었다.

자기야!

근처에 앉아 있던 해준엄마가 벌떡 일어섰다. 그녀는 배에 갓난아기를 매달고 몸을 뒤뚱거리며 빠르게 걸었다. 그녀의 머리 위로 나뭇가지들이 리드미컬하게 흔들렸다. 어지러울 만큼 바람은 여러 방향으로 불었다. 해준엄마와 성민엄마는 반갑게 손을 맞잡았다. 그녀들은 원래부터 그곳에 있던 풍경 같았다. 태미는 멀찌감치 서서 둘을 바라보았다.

성민엄마의 초대 후 셋의 관계는 아주 잠시 돈독했다. 태미는 둘의 권유로 그녀들이 다니는 교회로 옮긴 뒤 기도 모임에도 몇 번 참석했다. 예닐곱 명이 회원인 사적인 예배모임이었다. 그들은 조용한 카페에 모여 각자의 힘든 마음을 거리낌 없이 나눴다. 그런 분위기는 태미를 흔들었고 보이지 않는 어떤 마음들을 들쑤셨다. 그들은 고난 속에서 하나님이 주신 평안을 되찾았다고 간증하듯 말했다. 하나님의 평안? 태미는 그런 게 뭔지 몰랐다. 갑자기 해준엄마가 태미에게 물었다.

자긴 어때?

모두의 시선이 태미에게 쏠렸다.

……괜찮아.

태미는 주먹을 움켜쥐었다. 건너편 여자가 말했다.

자매님 부군을 위해 기도드릴게요, 얼마나 힘드실까.

오, 아멘.

해준엄마가 외치듯 말했다.

그러니까 모두가 알고 있었다. 그녀들에게만 고백했던 사정을. 태미네 가정에 불어닥친 폭풍을. 남편의 억울한 횡령 혐의와 시댁 식구들의 범죄를! 그들이 알고 있는 게 어디까지인지 짐작조차 가지 않아서 태미는 머리가 아득해졌다. 분해서 눈물이 날 지경이었다.

선생님!

아이 한 명이 태미를 불렀다. 태미가 두리번거리자 아이는 다시 외쳤다.

저요, 저!

태미는 그녀들에게 등을 보인 채 아이를 향해 걸었다. 불쾌한 기억들이 두서없이 떠올랐다. 중보기도를 해주겠다고? 몰래 험담이나 하고 다니는 주제에, 나쁜 년들. 태미가 연락을 피하자 해준엄마는 현관 인터폰 화면으로 얼굴을 들이밀었다. 시간이 지난 후 우연히 마주쳤을 때 둘 사이의 거리는 누구보다 멀어져 있었다. 마침 갓 태어난 그녀의 둘째 아들이 유모차에 누워 울음을 터트렸는데, 태미는 아이의 이름조차 물어보지 않았다. 서로에게 서운한 마음을 표현할 단계는 지났으므로 형식적인 안부만을 묻고 헤어졌다. 해준엄마가 이사 갔단 소식을 들었을 때 태미는 자기도 모르게 웃음이 새어 나왔다. 태미는 그녀가 이 동네에서 결코 버틸 수 없게 되길 바랐다.

자기가 먼저 잘못했잖아.

네?

아이가 되물었다.

미안, 미안, 아무것도 아냐. 태미는 아이의 그림에 명암을 표시했다. 이렇게, 알겠지? 옆의 아이도 명암을 그려달라고 졸랐다. 이렇게 쓱쓱, 네 눈에 보이는 대로 표현하면 되는 거야.

여기가 어두운 게 맞는 거예요? 전 다 똑같아 보여요.

태미의 말에 아이는 고개를 갸웃거렸다.

똑같아! 똑같아!

아이들이 낮은 음성으로 클클거렸다.

뭐가 그렇게 우스울까?

어느새 성민엄마가 옆으로 다가왔다.

왔어?

태미가 말했다.

잘 지냈지?

성민엄마가 물었다.

응, 자기도?

덕분에.

그녀가 배를 내밀며 대답했다.

5

우리 모임에만 세 명이라구.

해준엄마가 말했다.

다은엄마? 또 누구야?

성민엄마가 되물었다. 그녀들은 아이들 뒤에 앉아 지역사
회커뮤니티에 게시된 태미의 글에 대해 이야기했다. 남편이

대기업에 다니고 둘째를 임신한 부인은 대체 누구인가.

준영네잖아, 몰랐니?

자긴 기억력도 좋아, 애가 셋이나 되면서.

성민엄마가 말했다.

대기업? 우리 아빠도 거기 다니는데.

한 아이가 불쑥 끼어들었다.

요것 봐라, 그럼 동생은 있니?

해준엄마가 깔깔대며 물었다.

준이엄마, 수업 중이잖아.

태미가 그녀의 말을 잘랐다.

다음 달에 태어나요. 남동생이래요!

아이가 말했다.

요놈들, 얼른 그림이나 그려. 해준엄마가 손사래를 치며 말을 이었다. 그나저나, 대기업에 다니지 않는 남편을 찾는 편이 더 빠르겠어. 자기 남편도 그렇잖아, 안 그래? 그녀가 성민엄마를 빤히 쳐다봤다.

내가 얘기했나?

성민엄마가 사례들린 듯 콜록댔다. 용산공원은 봄이 되면 꽃가루가 너무 많이 날렸다.

좋은 조건이라 이직했다며?

뭐라고 적혀 있다구?

야근한다면서 연애한다잖아. 오, 지저스. 난 어제 윗집 때문에 잠을 설쳤어. 여자가 죽여버리겠다고 악을 쓰더라, 한 시간이나!

해준엄마가 고개를 절레절레 흔들었다.

우리 엄마도 완전히 미쳤어요. 어젠 아빠가 샤워하는 데다 대고 소리를 지르더라구요. 당신이 하는 게 대체 뭐냐고.

아까 그 아이가 말했다.

아빠가 어쨌는데?

아빠요? 아무 짓도 안 했어요. 씻고 밥 먹고 유튜브 보고 자고.

잘못했네.

성민엄마가 조용히 웃었다.

우리 엄마도 미쳤어요.

한 아이의 말에 나머지 아이들도 덩달아 외쳤다.

우리 엄마도요, 우리 엄마도요!

얘들아! 태미가 말했다. 수업 시간이잖아, 지금!

자기야, 미안, 미안. 해준엄마가 말했다. 민이엄마, 우리 저쪽으로 갈까?

선생님, 루키엄마 가출했대요.

또 다른 아이가 말했다.

뭐라구? 태미는 어안이 벙벙해졌다. 휴대폰을 확인하니 루키엄마는 아까 보냈던 카톡을 확인하지도 않았다. 태미가 급하게 통화버튼을 누르며 말했다. 그걸 지금 얘기하면 어떡해?

루키? 권룩희?

성민엄마가 놀라며 물었다.

루키를 알아요?

아이가 목소리를 높였다.

그럼, 잘 알지. 성민엄마가 해준엄마에게 말했다. 자기도 알지? 왜 저번에 얘기했던…… 죽은 애 있잖아. 걔 괴롭혔다던.

아아, 루키?

루키가 누굴 죽여요?

까치 여러 마리가 나무 밑에 모여 커다란 소리로 울어댔다.

뭐? 죽였다고? 죽어? 누가? 아이들이 동시에 웅성댔다. 누구를요? 와, 미쳤다.

태미는 성민엄마가 불편했다. 전에도 길에서 몇 번 마주칠 뻔했는데 자기도 모르게 가던 방향을 틀었다. 그녀와 아무렇지도 않은 척 인사를 나누고 싶진 않았다. 성민엄마는 마치 그런 마음들을 눈치채고 있는 것 같았다.

알 리가 없잖아.

두 달 전 성민은 바지에 실수를 했다. 참기 힘든 설사였을 수도 있고, 그저 참다가 그랬을 수도 있겠지. 아직은 이 학년이었고 느릿느릿하고 어수룩한 아이였다. 하교 시간이라 바로 집으로 갔으면 될 텐데 성민은 교실과 가까운 화장실에 숨어버렸다. 성민엄마가 오후 여섯 시에 실종신고를 했던 건 하교 후 수영강습이 있었기 때문이다. 체육센터가 교문에서 불과 삼 분 거리라 보통 성민 혼자 걸어갔다고. 경찰은 교문 시시티브이부터 확인했지만 화질의 상태가 매우 나빴다. 도대체 누가 누구인지 구분할 수 없었다. 동네는 발칵 뒤집혔다. 납치나 인신매매라면 결코 남의 일이 아니었으니까. 밤 열 시가 넘어서야 꼭꼭 닫아두었던 학교 안을 뒤져보기로 했다. 성민은 화장실에 잠들어 있었다. 그동안 이웃들은 소셜네트워크로 성민의 소식을 공유했다.

태미도 성민의 사진을 받았다. 지훈의 학교 단톡방과 봉사모임 두 군데에서.

지역사회커뮤니티에도 글이 올라왔다.

이촌초등학교 이 학년 최성민 학생을 찾습니다.
오후 세 시 하교한 뒤 행방불명되었습니다.

세 시 삼십 분에 시작하는 수영강습도 가지 않았다고 하네요.

아이 엄마가 울고 있습니다. 우리 모두의 일이라고 생각해주세요.

사진을 올려드리죠.

발견 즉시 경찰서로 연락 부탁드립니다.

성민이라고? 단톡방에는 이웃들의 걱정이 쏟아졌다. 어떡해요? 어쩌죠? 너무 무섭네요. 시시티브이 화질이 문제라구요? 이건 우리 아이들 모두의 문제 아닌가요? 치안에 구멍이 생겼네요……. 꼬리에 꼬리를 문 대화가 화면 위로 쭉쭉 사라졌다. 각자의 할 말이 끝나고 대화방이 잠잠해졌을 때 태미가 말했다.

걔 엄마가 계모래요.

루키와 루키엄마는 연락을 받지 않았다. 태미는 휴대폰을 귀에 댄 채 한갓진 데로, 더 한갓진 데로 걸었다. 아무리 전화해도 소용없었다. 태미는 지역사회커뮤니티에 들어갔다. 조회수가 폭증한 태미의 글은 어느새 게시판 가장 상단에 올랐다. 태미는 휴대폰을 주머니에 쑤셔 넣었다. 고개를 들자 커다란 배롱나무가 시야를 가로막았다. 못 보던 벤치도 몇 개 놓여 있었는데 등받이가 없는 긴 통나무 의자였다. 태미는 그곳에 앉았다. 오후 볕이 비스듬히 쏟아지자 눈이 부셨다. 바람이 불지도 않았는데 이파리들이 흔들렸다. 한강에 번지는 물결처럼 조용하고 잔잔하게. 성민엄마가 해를 등지고 태미 쪽으로 걸어왔다. 아무리 봐도 그녀의 표정을 가늠할 수 없었다.

이웃들

그 여자를 알아요.

주연이 말했다. 앞에 앉은 두 부부가 놀란 표정으로 주연을 쳐다보았다. 늦은 저녁, 치킨집 야외테라스였다.

노인의 애인 말이야?

일행들보다 주연의 남편이 더 놀란 것 같았다.

누구예요?

설마 친구? 우리 동네 사람이라던데.

어떻게 생겼어요?

이쁘겠죠, 뭐.

두 부인이 호들갑을 떨었다.

얼굴만 알아요.

주연은 여자를 오 개월 전에 처음 봤다. 우연히 엘리베이터에서 마주쳤다.

얘기 좀 해봐요.

두 부인이 채근했고 주연은 그날을 떠올리며 천천히 이야기를 시작했다. 모두 귀를 기울였다.

첼리투스는 밤에 보니 더 근사하네요. 저기 스카이라운지에서 아래를 내려다보면, 네, 오십육 층요. 한강뿐인가요? 공원이며 대통령집무실까지 환히 내려다보여요. 모든 게 정말 정말 작아요. 상상보다 더 많이요. 한강변 아파트 중엔 가장 높잖아요. 주연은 잠시 말을 멈추고 얼음물을 쭉 들이켰다. 만삭이 가까워지자 자주 가슴이 답답해졌다. 전 그곳에서 수요일 오전마다 구역모임을 가져요. 삼십 분 정도 예배를 드리고 권사님이 준비해둔 식사를 하면서 한 주간 힘들었던 마음을 나누는데, 그래서인지 몰라도 그곳에만 가면 마음이 편안해지더라구요. 모든 게 성령님이 함께하신 덕분이겠죠. 저는 예배 전의 시간도 매우 중요하게 생각해요. 사람이 갑자기 경건해질 수는 없는 노릇이니까……. 뭐랄까, 예배의 준비운동 정도라 해두죠. 집을 나와 첼리투스로 걷는 동안 교만했던 평소의 생활을 반성해요. 그런 마음으로 여자를 마주쳤죠. 봄이었지만 바람이 아주 매서웠어요. 저는 두툼한 카디건을 입고 있었고 여자는 노인과 팔짱을 끼고 엘리베이터에 탔어요.

여자는 몇 테이블 앞에 앉아 있었다. 어둡긴 했지만 여자가 분명했다. 하늘은 심해처럼 깊어 보였다. 눈을 가늘게 뜨면 어둠의 너머를 그 너머의 너머를 볼 수 있을 것 같았다. 주연은 그 너머를 뚫어지게 응시했다. 여자와 노인의 부도덕한 소문들, 그런 추문이야 흔했다. 하지만 여자는 단순한 스캔들 대상이 아니었다. 주연은 여자가 한 달 전 일어난 실종사건에 연루되었다고 믿었다. 노인이 컨트리클럽에 간 사이 노부인이 혈흔을 남긴 채 증발해버린 미스터리 사건에. 여자가 첫 번째 용의자였는데 그녀는 노인과 컨트리클럽에 동행했다는 게 밝혀졌다. 수사는 제자리걸음이었고 노부인의 행방은 묘연했다.

그래서요?

동석한 부부들의 눈이 반짝였다.

몇 층이신가요?

노인의 목소리가 비현실적으로 들렸다.

네?

숫자 버튼을 누르지 않았네요.

노인이 다정한 목소리로 말했다. 그는 티브이에서 보던 모습 그대로였다. 성성한 백발을 굵게 파마하고 진한 청바지에 재킷을 입고 있었다. 그리고 고급스러운 향수 냄새. 주연은 노인을 잘 안다고 생각했지만 그건 누구든 아는 소문에 불과했다. 연예 기사나 여성 잡지에 실렸던 가십들. 노인은 연기보다도 잘생긴 외모로 더 유명했던 영화배우였다. 주연은 당황하지도 않는데 말을 더듬거렸다.

아, 네, 저기, 제가 누를게요.

주연이 오십육 층 버튼을 눌렀다.

이웃이네요. 저는 아래층에 삽니다.

노인은 오십오 층 버튼을 눌렀다.

예배드리러 왔어요. 권사님 댁에요.

이 동네 사십니까?

네, 길 건너 푸르지오…….

이웃이 맞네요. 우린 모두 이웃 아닙니까?

노인의 말에 주연이 입꼬리를 슬쩍 올리며 미소지었다.

착한 척하네.

노인의 팔짱을 끼고 있던 여자가 주연을 보며 비아냥댔다.

왜 그런 말을 해?

노인이 여자를 질책했다.

본색을 숨기니까요.

여자가 퉁명스럽게 대답했다. 노인이 여자 대신 고개를 살짝 숙이며 미안한 표정을 지었다. 주연이 대꾸하지 못했던 건 당황했을 뿐 아니라 그들이 곧 엘리베이터에서 내렸기 때문이다.

주연은 여자를 가리켰다. 일행들이 모두 고개를 돌려 여자를 봤다.

*

세 부부의 인연은 이 년 정도 되었다. 부인들이 먼저 초등학생 학부모로 만났는데, 가족 동반 캠핑을 다녀온 뒤 부쩍 친해졌다. 재이아빠가 회사의 고급 컨트리클럽 회원권을 사용할 수 있어서 남편들은 한 달에 한 번 정도 함께 골프를 즐겼다. 셋은 성격이 잘 맞았다. 그들이 컨트리클럽을 다녀온 저녁이면 부부 동반으로 동네 치킨집에 모였다.

그들은 격앙되었다. 스캔들의 주인공이자 실종 사건의 용의자가 그들 뒤에 앉아 있었기 때문에.

게임 하나 할까요?

태하아빠가 말했다.

또 시작이네.

태하엄마가 시큰둥하게 받아쳤다.

시시한 거 말고, 진짜 게임을 말하는 거야.

게임에 진짜 가짜가 있어?

태하엄마가 남편의 말을 비꼬았다.

가짜는 몰라도 진짜는 있겠지. 루키엄마가 유명한 용의자를 알려줬으니 우리도 하나씩 까보자는 거야. 어때요? 이웃의 비밀 하나씩은 알 것 같은데.

서로가 다 아는 이웃?

재이아빠가 호기심 가득한 목소리로 물었다.

그럴 리가요. 교집합이 얼마나 된다고.

잠시 침묵이 흘렀다.

자신 있어? 재이엄마가 그녀의 남편에게 물었는데 그건 모두에게 질문한 거나 마찬가지였다. 대상이 당신이 될 수도 있다고.

룰이 있나요?

주연의 남편이 물었다.

직접 본 것만 이야기하는 거예요. 자신의 의견은 완전히 빼고요.

태하아빠가 목소리를 낮게 깔았다. 진지한 표정이었는데

44

웃음을 참고 있는 것 같기도 했다.

가능한가요, 그게?

자자, 뭔가 아주 까다로워 보이지만 까짓, 해보죠 뭐. 저부터 할까요? 이건 아주 따끈따끈한 어제의 일입니다.

주연의 남편이 이야기를 시작했다. 모두 긴장하고 귀를 기울였다.

우리 동네에는 네 개의 교회가 있습니다. 대형교회 하나와 중형교회 세 개. 다들 아시죠? 어쨌든 어제 제가 본 건 한 목사의 모습이었어요. 교회를 다니지도 않는데 목사 얼굴을 어떻게 아느냐, 아시다시피 우리 동네 유치원은 한 곳을 제외하곤 모두 교회 소속이잖아요. 루키엄마가 크리스천이기도 하고, 그래서 루키 역시 교회 유치원을 재작년에 졸업했습니다. 아, 재작년이 아니라 삼 년 전이군요. 졸업생이 쉰여섯 명이었으니 저뿐 아니라 적어도 백 명 이상이 그날을 기억할 겁니다. 정말 대단한 졸업식이었죠. 목사란 작자가 미치지 않고서야……. 아, 죄송합니다. 욕을 하는 건 예의가 아닌데, 저 빼고 다들 크리스천이라는 걸 깜빡했네요. 크리스천에 대한 도덕적 기준이 높아서 화가 난 것은 아니었고요, 혹시라도 그런 뉘앙스를 풍겼다면 사과드리겠습니다. 굳이 따지자면 크리스천이 아니라 한 인간에 대한 분노라고 해두죠. 그날 목

사는 졸업식 설교 중에 젖통이라는 단어를 두 번이나 썼는데
요, 아니나 다를까 루키와 친하게 지내던 딸 쌍둥이 엄마가
가만있지 않았죠. 이사장이라는 놈의 입에서 여성을 희롱하
는 단어가 나오다니 얼마나 화가 났겠습니까? 여담이지만 그
녀도 크리스천은 아니었을 겁니다. 제 기억엔 그래요, 아마
아닐 겁니다. 뭐, 그게 중요한 건 아니니까요. 쌍둥이 엄마는
두 번째 젖통이라는 말이 나오자 벌떡 일어서더니 크게 소리
를 질렀어요. 싱싱한 젖통이라고요? 대체 뭐가 싱싱하단 거
죠? 강당은 순식간에 난장판이 되었습니다. 네? 졸업식에서
왜 그런 말이 나왔냐구요? 지금 생각해도 기가 막힐 노릇이
지만 맥락은 이랬습니다. 공부를 열심히 해야 예쁜 여자를 만
날 수 있는데 예쁜 여자들은 싱싱하다, 그런 거였죠. 손을 가
슴에 대고 울룩불룩 제스처까지 취하는데 정말 미치지 않고
서야……. 나중에 들은 이야기지만 그 목사는 주일설교 중에
도 성적인 농담을 즐긴다고 하더라구요. 집사인지 장로인지
하는 직분자들이 아무리 말려도 소용이 없다고 들었습니다.
제 이야기는 그런 목사에 관한 것입니다. 자, 이제 어제의 목
격담을 말씀드려야겠군요. 어디서부터 시작해야 할까요, 게임
의 룰대로 두 눈으로 본 것만 담백하게 얘기해보겠습니다. 생
각보다 어렵네요, 본 것만 명확하게……. 어제 저는 한강변을

걸었습니다. 요즘 통 소화가 되지 않아서 말이죠. 마흔 중반에 접어드니 술까지 약해졌습니다. 예전엔 가죽을 삼켜도 소화가 되고 밤새 술을 마셔도 사우나 한 번이면 냄새도 안 났는데 말이죠. 감쪽같이 말이에요. 모두가 속았다니까요. 아아, 죄송합니다. 자꾸 곁길로 새는군요. 어쨌든 한강변은 아주아주 고요했어요. 루키엄마요? 루키엄마는 루키를 재우고 있었고요. 아홉 시가 훌쩍 넘은 시간이었으니까요. 이십 분 정도 걸었는데 어떤 사람이 커다란 나무 밑에 서서 주위를 두리번거리더군요. 덩치가 커서 남잔 줄 알았는데 아줌마였어요. 레깅스라고 하나요? 스타킹 같은 그런 바지를 입고 있었는데 엉덩이가 커서 보기가 좀 민망했습니다. 요즘은 다들 그런 바지를 입고 운동하더라구요. 여하튼 그곳은 특별히 어두웠어요. 가로등 사각지대였다고나 할까요? 갑자기 나무 뒤에서 누군가가 튀어나왔습니다. 그 남자도 주위를 휘둘러보더군요. 세상에, 바로 그 목사였어요. 환갑이 훌쩍 넘은 노인의 팽팽한 얼굴, 어두웠지만 그가 분명했어요. 눈이 마주쳤다고 생각했는데 그는 저와 시선을 맞추지 못했습니다. 저를 기억할리 없을 테니 주의할 필요도 없었겠죠. 목사는 그 여자와 다시 나무 뒤로 숨었고 저는 그 나무가 보이는 벤치에 앉아 삼십 분 정도 어둠 안을 노려보았습니다. 둘은 그곳에서 대체 뭘 한 걸까요?

그러니까, 뭘 본 거죠?

재이엄마가 물었다.

목사가 아줌마와 나무 뒤로 숨은 것?

태하아빠가 대신 대답했다.

그리고요?

태하엄마는 뒷이야기가 무척이나 궁금한 눈치였다.

그게 답니다. 제 의견을 빼야 하니까요.

주연의 남편이 말했다.

뭘 본 건 아니군요. 대상이 누군지도 모르고.

재이엄마가 강조하듯 말했다.

그렇게 되나요?

그런 거죠, 결국.

그럼 진짜로 뭘 보신 분이 얘기해볼까요?

태하아빠가 웃음을 터트렸다.

들은 건 안 될까? 엄청 많은데.

태하엄마가 물었다.

우선은 게임 중이니까, 소문은 나중에.

진짜 많은데…….

아람이 알죠? 재이엄마가 말했다. 모두 그녀를 쳐다보았다. 유명한 아동 유튜버 말이에요.

얼마 전 기사에 났던 아람이 말이죠? 걔가 번 돈으로 백억 건물을 샀다잖아요.

걔, 우리 둘째랑 같은 유치원이에요. 반은 다르지만. 그런데 아람이가 왜?

태하엄마가 몸을 앞으로 내밀며 눈을 둥그렇게 떴다.

우리 윗집이에요, 아람이네가.

재이엄마가 고개를 절레절레 흔들었다.

어머어머, 재이네랑 이웃사촌이었구나.

사촌은 무슨? 원수예요, 원수.

아니, 왜요?

밤새 애들이 쿵쾅대며 뛰어다니질 않나, 음악을 크게 틀어놓질 않나, 정기적으로 여는 파티하며……. 잠을 잘 수가 없어요. 올라가면 이젠 문도 안 열어주고 경고해도 잠깐뿐이에요.

재이엄마가 한숨을 쉬었다.

아람이, 밤새 유튜브를 찍는대요. 새벽 네다섯 시까지요. 그래서 유치원도 점심때나 와서 수업 내내 잠만 잔다더라구요. 그 뭐야, 틱도 있다던데.

태하엄마가 빠르게 말했다.

자자, 이제 재이 어머니께서 본격적으로 말씀해보실까요?

태하아빠가 아내의 말을 끊으며 재이엄마를 쳐다봤다.

그래볼까요? 재이엄마가 이야기를 시작했다. 제가 본 건 아람이네 가족에 관한 거예요. 그러니까…….

*

주연은 재이엄마의 눈을 바라보다가 며칠 전 실종되었던 한 남학생의 얼굴이 떠올랐다.

이름은 최성민.

루키가 다니는 초등학교 이 학년 학생.

파마한 갈색 머리칼이 멋스러운 희고 동그란 얼굴을 가진 아이. 웃는 표정이 천진난만한 남자애.

성민은 일주일 전 방과 후 특기 활동을 마치고 사라졌다. 학교에서 오 분 거리의 청소년수련관 수영장에 가는 날이었다. 강습은 세 시 삼십 분에 시작되었으나 성민은 가지 않았다. 오후 다섯 시면 집에 돌아오는데 성민이 늦자 부모는 아들이 놀이터로 샜다고만 생각했다. 부모는 오후 여섯 시 삼십 분이 되어서야 경찰서를 찾아갔다. 그리고 학교 단톡방에 아들의 실종 사실을 알렸다. 성민이 친구 집에 갔을 경우를 생각해서였다. 정말로 가끔은 그러기도 했을 테니까. 곧 단톡방에 있던 스물여덟 명의 학부모가 성민의 실종 사실을 알게 되었다. 그들은 한두 마디씩만 했을 뿐인데 단톡방엔 수십 개의 글이 빠르게 쌓였다. 화면을 되돌려 지나간 글을 확인하면 다시 수십 개의 글이 올라왔다. 앞의 내용은 찾아 읽기도 힘들었고 어디에도 성민에 대한 정보는 없었다.

성민의 부모는 학부모들에게 부탁했다.

이 사진을 이웃들에게 퍼뜨려주세요. 성민이를 찾게 도와주세요.

성민의 얼굴과 신상정보는 삽시간에 퍼졌다. 같은 반, 같은 학교, 같은 학원, 같은 교회, 동호회. 이웃들은 단톡방으로 연결된 살아 있는 유기체 같았다. 누군가는 식탁에서, 누군가는 놀이터에서, 누군가는 슈퍼에서, 누군가는 퇴근길의 차 안에서 성민의 사진을 보았다.

주연은 저녁 식사를 마치고 소파에 앉아 성민의 사진을 확인했다. 루키의 축구교실 단톡방, 학부모 단톡방, 교회 봉사 모임 단톡방, 무려 세 군데에서나. 성민은 이가 빠진 자리를 드러내며 활짝 웃고 있었다. 경찰의 행적은 이웃들에게 실시간으로 중계되었다. 시간이 지나자 실종이 아니라 가출이라는 억측이 돌았다. 겨우 아홉 살 남자애를 두고서.

누군가의 한마디 때문이었다.

계모래요, 엄마가.

단톡방마다 모자의 사연은 조금씩 달라졌다.

시시티브이로도 성민의 행방을 찾을 수 없자 경찰은 학교 안을 뒤졌다. 밤 열 시 삼십 분에 성민은 학교 이 층 화장실에서 발견되었다. 성민은 수영장에 가기 전 실수로 바지에 똥을 쌌고 창피해서 화장실에 숨었다. 그리고 그곳에서 잠들었다. 성민의 부모는 오해가 생기지 않도록 자세한 연유를 단톡방에 올렸다.

얼마나 무서웠을까?

성민은 루키보다 한 살 아래였다.

재이의 얼굴이 떠올랐다. 엄마와 닮지 않은 아이. 재이조차 모르겠지만 재이엄마도 계모다.

*

여자는 주연을 노골적으로 쳐다봤다. 자신의 신상을 폭로한 걸 눈치챈 걸까? 주연이 일행들에게 여자의 정체를 알려준 뒤 그들이 여러 번 뒤돌아보긴 했다. 특히 태하엄마가 표를 많이 냈다. 여자는 한걸음에 달려와 주연의 **뺨**이라도 후려칠 기세였다. 주연은 보이지 않는 공격을 당해 녹다운된 기분이었고 결국 진이 다 빠져버려 게임에 집중하지 못했다.

자기, 어디 아파?

아람이의 이야기를 막 끝낸 재이엄마가 걱정스러운 눈빛을 보냈다.

아뇨, 아니에요.

안색이 왜 그래?

남편이 놀란 얼굴로 주연을 들여다봤다.

아무것도 아니라니까.

아무것도 아닌 게 아닌 거 같은데요?

태하엄마가 호들갑스럽게 말했다.

대체 무슨 문제야?

남편이 주연 쪽으로 의자를 끌어당겼다.

우리 이야기를 들었나 봐요.

주연이 목소리를 낮춰 대답했다.

무슨 이야기?

여자 말이에요. 노인의 내연녀. 아니아니 그쪽을 보진 마시고……. 모두가 일제히 여자 쪽으로 고개를 돌렸다. 쳐다보진 말라니까요.

아무도 없는데?

여자가 사라졌다. 동석했던 사람들까지 모두. 지저분해진

테이블이 휑뎅그렁했다. 주연의 마음이 순식간에 가라앉았다.

그 여자가 왜요?

그 여자가 어쨌는데요?

두 부인이 숨도 쉬지 않고 물었다.

계속 쳐다보더라구요.

주연이 한숨을 내쉬었다.

우리를요? 뭐 어쩌잔 거야, 부끄러운 줄도 모르고.

미친 여자네.

쪽팔려서 간 거 아니야?

나 같아도 못 앉아 있어요. 루키엄마가 왜 그런 여잘 신경
쓰는 거야?

사실 제가 본 건 노인과 팔짱 낀 모습뿐이니까…….

주연이 자신 없는 목소리로 말했다.

그게 그거 아니야?

그러니까요, 뻔한 거죠.

뻔하다. 주연은 그 말을 곱씹으며 생각했다. 맹수 우리에
고깃덩어리를 던져 넣은 건 바로 나다.

그런데 목사는 거기서 뭘 했을까요?

태하엄마가 다시 목사를 끄집어냈다.

아람엄마는 왜 얼굴에 멍이 들었을까요?

재이엄마가 물었다.

뻔한 거 아니에요?

그렇죠?

그나저나, 노부인은 어떻게 되었을까요?

이웃들은 노부인이 건물 안에 있다고 믿었다. 감금되었든 죽었든 아직 밖으로 나오지 못했다고. 첼리투스는 시시티브이를 지나지 않고는 빠져나갈 수 없고 범인은 어디에도 찍히지 않았다.

물어볼 걸 그랬나 봐요. 아까 그 여자한테.

이웃일까요?

네?

범인 말이에요.

죽였을까요?

시시티브이에 찍히지도 않았고 본 사람조차 없으니 아무 것도 아닌 게 되는 건가요?

양심이란 게 있잖아요?

그건 사람마다 기준이 다르잖아요.

끔찍해라.

들키지만 않으면 되는 거네요. 비록 살인을 저지르더라도.

법이 있잖아요.

법 따위가 양심을 지켜준다고 믿는 거예요?

끔찍하네요.

죽었겠죠?

아무도 모르죠.

실종된 지 며칠 됐죠?

한 달?

범인이 옆집 여자일 수도 있겠죠.

오 마이 갓.

맞아요, 우리에겐 신이 있잖아요?

신?

주님은 모든 것을 내려다보고 계시죠. 전지전능하시니까요.

모든 것을 보고 있다니, 무섭네요.

신이 없으면요?

하나님은 계십니다.

알겠어요, 알겠어. 하지만 만약에 없다고 가정한다면요?

가정이라…….

모든 것이 허용되지 않을까요?

*

화장실 문을 열자 진한 레몬 향이 코를 찔렀다. 인위적인 냄새였고 두통을 일으킬 만큼 독했다. 천장에서 규칙적으로 분사되는 자동탈취제 냄새였다. 세면대 옆에 놓인 싱싱한 몬스테라는 조화였다. 커다란 잎이 천장을 향해 쭉쭉 뻗어 있었다. 주연은 거울 앞에 서서 자신을 쳐다봤다. 조명 때문에 얼굴이 입체적으로 보였다.

처음부터 기분 나쁜 여자였다. 착한 척하네. 그 말이 아니었다면 주연은 여자를 기억하지 못했을 것이다. 어쩔 수 없이 여자는 주연에게 특별한 기억으로 자리잡았다. 본색을 숨기니까요? 나쁜 년. 주연은 크게 숨을 내쉬고 들이마셨다. 탈취제 때문인지 기침이 났다. 손바닥으로 가슴을 두드리자 토할 것 같았다. 주연은 호흡을 가라앉힌 뒤 핸드백에서 파우치를 꺼냈다. 붉어진 볼을 실리콘 스펀지로 가라앉히고 립스틱을 새로 발랐다.

변기 물이 내려가는 소리와 함께 문이 열렸다. 주연과 여자의 시선이 거울 속에서 부딪혔다. 여자는 불과 몇 발자국 떨어진 곳에 서 있었다.

이게 누구야? 이어폰을 꽂은 것처럼 여자의 목소리가 가까웠다. 나 알죠?

주연은 대답하지 않았다.

여자는 순식간에 주연에게 다가왔다. 서로의 어깨가 부딪혔다. 주연이 옆으로 비켜섰다.

모를 리가 없잖아?

여자가 비아냥댔다.

말씀을 함부로 하시네요, 전에도 그러더니.

전에?

모른 척하는 거예요?

아니아니, 구체적으로 얘길 해봐. 전에 뭐?

여자가 주연을 날카롭게 쏘아보았다.

왜 그래야 하죠?

하기 싫어?

여자는 천천히 손을 씻었다. 여유를 부리는 것 같았다. 주연에겐 그렇게 보였다.

예의를 갖추세요.

내가 당신에게 예의를 갖출 순 없지. 그럴 순 없어.

왜죠?

주연의 목소리가 높아졌다.

다 잊었다는 거지?

여자는 오히려 차분해지는 것 같았다.

작정하고 덤벼드는 이유를 모르겠네요. 우리가 무슨 사이라고? 그만하죠.

주연은 화장실을 나가려고 했다.

로보카폴리. 여자가 말했다. 비타민 말이야, 네가 바닥으로 던진 사탕.

주연은 뒤돌아 여자의 얼굴을 봤다.

로보카폴리요?

개한테 던지듯이 던졌잖아, 내 아들한테.

*

아파트 놀이터엔 언제나 아이들이 뛰어놀았다. 루키도 놀이터를 좋아해서 유치원을 마치자마자 놀이터로 달려갔다. 대체로 집 앞이었지만 아닐 때도 있었다. 아이들은 초등학교 건너편의 모래 놀이터를 가장 좋아했다. 그곳에서 아이들은 흙먼지가 날리도록 뛰어다녔다. 모래가루가 황사보다도 더 뿌옇게 일어나도록.

주연은 루키가 일곱 살이 되던 해에 직장을 그만뒀다. 하필이면 여름이었다. 루키를 따라다니느라 지친 주연은 밤마다 기절하듯 쓰러져 잠들었다. 축구 경기를 같이 뛴 심판이 된 기분이었달까. 해는 뜨거웠고 루키는 한순간도 지치지 않았다. 주연은 다시 회사로 도망가고 싶었지만 적응해야만 하는 일이었다. 루키는 이제 일곱 살이니까. 소중한 내 아들이니까. 지난한 여름이 지나갔다. 가을이 찾아왔고 주연은 처음으로 루키 옆이 아닌 그늘진 벤치를 찾아서 앉았다. 선선한 바람이 주연의 얼굴을 훑고 지나갔다. 긴장이 풀리자 주변이 보였다. 고요하고 평화로웠다. 그대로 잠이 들어도 이상하지 않을 만큼 나른했다.

야! 날카로운 목소리가 놀이터를 갈랐다. 엄마들의 시선이 일제히 그곳으로 향했다. 주연 또래의 부인이 시소 앞에서 어린 소년의 손목을 쥐고 흔들었다. 시소에 앉아 있던 여자아이는 울음을 터트렸다. 왜 우리 딸을 쫓아다니는 거니?

소년이 버둥거렸지만 부인은 소년의 손목을 놓아주지 않았다.

어, 어어, 어…….

소년은 어딘가 모자라 보였다.

죄쏭합니다, 죄쏭합니다.

누군가 황급히 달려와 사과했다. 소년의 돌보미였다. 돌보미가 몸을 굽신거리자 부인은 그제야 소년의 손목을 놨다.

어디서 뭘 하신 거예요? 부인의 딸이 더 크게 울었다. 한번 더 이러면 가만있지 않을 거예요. 무슨 말인지 알겠어요?

네네, 죄쏭합니다.

소동이 일어나자 구석에 모여 있던 돌보미들이 급하게 흩어졌다. 각자의 아이들을 데리고 조용히 놀이터를 떠났다. 그제야 주연은 그들이 모두 조선족이라는 것, 조선족 돌보미는 그들끼리만 모인다는 것, 그들은 결코 벤치에 앉지 않는다는 걸 깨달았다. 그늘진 벤치는 언제나 엄마들 차지였다.

소년은 대개 어린 여자애들을 쫓아다녔기 때문에 루키와는 부딪히지 않았다. 주연이 소년을 그네나 시소 같은 사물처럼 여기게 되었을 때 소년은 루키의 킥보드를 빼앗았다. 루키의 킥보드에는 야광 바람개비가 달려 있었다. 소년은 달릴수록 더 세게 도는 야광 바람개비에 마음을 빼앗긴 것 같았다. 내 거야! 루키는 소리를 질렀다. 내 거라고! 루키는 소년을 쫓다가 두 번 넘어졌다. 주연이 킥보드를 되찾아 주자 루키는 미끄럼틀 위로 킥보드를 가져갔다. 위험해 보였기 때문에 주연이 따라 올라갔는데 소년이 바싹 따라붙었다. 주연은 실실대며 웃는 소년을 보자 화가 치밀었다.

그래서 주머니를 뒤져 사탕을 모래 위로 던졌다.

던지고 또 던졌다.

소년은 여자의 아들이었다.

내 아들이 개야?

여자가 으박질렀다. 여자의 목소리가 화장실을 요란하게 울렸다.

주연은 소년이 바닥으로 몸을 던질 줄은 상상하지 못했다. 정말이었다. 반짝이는 사탕에 주의를 돌려보려고 했던 행동이었다. 루키에게서 떨어지라고. 모래 위로 추락한 소년은 신음을 내뱉었다. 그러면서도 몸을 일으켜 사탕을 주웠다. 사탕을 손바닥에 올려놓고 실실대며 웃었다. 모래에 쓸려 피가 나는 볼과 가지런하게 난 흰 이가 보였다. 돌보미가 달려왔지만 주연은 사과하지 않았다. 돌보미도 사과를 요구하지 않았다. 주연은 서둘러 루키와 집으로 돌아왔고 그날을 기억에서 지웠다.

조선족은 애들을 돌보지 않아요. 주연은 소년의 얼굴을 떠올리며 말했다. 구석에 숨어서 먹고 떠들고 놀고. 나도 직장을 그만두기 전까진 몰랐어요. 모르는 게 당연하죠. 나도 조선족을 썼는데…… 그 아줌마가 무슨 말을 어떻게 했는지는 몰라도…….

수작 부리는 거야? 여자가 깔깔대며 웃었다. 그래그래, 그렇다고 쳐. 이젠 상관없어.

미안해요.

우리 아들한테 직접 사과를 했어야지.

미안합니다. 아들에게 전해주세요.

어쩌나? 여자의 목소리는 더 낮고 차가워졌다. 우리 아들은 죽었어.

네?

주연은 다리가 후들거려서 세면대를 꽉 움켜잡았다.

죽었다고, 너 같은 것들한테 무시만 당하다가. 주연은 무슨 말이라도 하고 싶었는데 입이 떨어지지 않았다. 여자가 계속 쏘아붙였다. 양심이란 게 있다면 평생 죄책감을 안고 살아야 할 거야. 아픈 아이를 개처럼 취급하고 무시하고 폭행하고, 그리고 교회를 다닌다지?

제가 어떡해야 할까요?

주연의 목소리가 떨렸다.

대가를 치러야지. 학부모 중에도 너를 아는 사람이 많을 텐데, 몰랐나 봐? 이제 더 많아질 거야. 모두가 너를 지켜보게 해줄게. 소문이란 게 정말 무서운 거거든. 안 그래, 루키엄마? 여자는 주연의 불룩한 배를 내려다보며 말했다. 조심하는게 좋을 거야.

*

루키엄마, 왜 이제 오는 거야. 재이엄마가 말했다. 재밌는 이야기가 있어, 장난 아니야.

바닥에 깔린 조명 때문에 일행들 얼굴이 기괴해 보였다. 얼굴 아래에 손전등을 갖다 댄 것 같았다.

어머어머, 저 여자가 왜 또 왔어?

간 거 아니었어요?

재이엄마와 태하엄마가 여자를 빤히 쳐다봤다.

뭘 잘했다고 웃는 거야?

태하엄마가 허둥대며 말했다.

여자는 원래 앉았던 자리로 갔다. 일행들은 보이지 않았고 여자 혼자였다. 웨이터가 여자의 테이블을 빠르게 정리하더니 병맥주를 가져왔다. 여자는 맥주를 병째 마셨다. 누군가와 계속 통화하면서. 주연은 여자를 보지 않으려고 했지만 자꾸 시선이 갔다.

루키엄마 말이 틀린 게 하나도 없어.

태하엄마가 말했다.

정말 뻔뻔한 여자야.

엘리베이터에서요, 뭐라고 했댔죠? 착한 척? 본색?

재이엄마가 물었다.

주제에 착한 척은. 태하엄마가 주연 대신 대답했다. 하여

간 보통 여자는 아니에요. 노인이 엘리베이터 버튼을 눌러줬다고 질투한 거잖아요?

그러니까 그게…….

주연은 말끝을 흐렸다. 대체 뭐라고 말해야 할까?

미친 여자가 분명해요. 좀 전에 우릴 비웃는 거 봤어요? 세상에, 지금도 여길 빤히 쳐다보잖아요?

뒤돌아본 건 태하엄마였다.

다 집어넣어야 해, 상간녀들은.

재이엄마가 말했다.

맥주나 더 시킬까요?

태하엄마가 테이블 끝에 붙은 버튼을 몇 번이나 눌렀다.

담배를 피우러 나갔던 남편들이 자리로 돌아왔다. 주연이 남편의 옆구리를 찔렀다. 이제 그만 자리에서 일어나자고 신호를 보냈다. 남편은 눈치가 빠른 편이었다.

건너편에 새로 오픈한 이자카야가 있어요. 분위기 좀 바꿔볼까요?

주연의 남편이 남은 술을 마저 들이켰다.

좋아요, 좋아. 진작 옮길 걸 그랬어요. 여기 너무 별로야.

태하엄마가 웨이터를 돌려보내며 말했다.

그런데 저기, 노인 아니에요?

모두 테라스 밖을 쳐다봤다. 노인이었다. 살이 빠지고 옷차림이 추레했지만 걷는 모습은 품위가 있었다. 노인은 주변을 전혀 의식하지 않고 치킨집으로 들어섰다. 여자는 자리에서 일어나 노인에게 손을 흔들었다. 합석한 모습을 보니 둘은 전혀 연인 같지 않았다. 아버지와 딸이거나 스승과 제자 같았다. 주연의 기억과는 완전히 다른 느낌이었다. 주연과 일행들은 서둘러 치킨집을 나왔다. 저 멀리 어둠 한복판에 오십육 층 첼리투스가 밝게 빛났다. 아직은 불이 꺼진 집보다 켜진 집이 더 많았다.

첼리투스는 동네 어디서나 보였다.

지나간 이야기

전남편에게 연락이 왔을 때 파라는 놀이터 벤치에 앉아 미지근한 커피를 마시고 있었다. 여름의 한가운데였고 태양이 작열했고 모든 사물이 정신없이 햇빛을 튕겨냈다. 아들 재이는 친구들과 정글짐 위를 날아다니듯 뛰어다녔다. 파라는 동네 엄마들과 나란히 앉아 있던 벤치를 벗어나 전화를 받았다. 그가 전하는 진부한 안부 인사를 들으며 이제 그와는 인사 너머의 마음은 짐작할 수 없는 사이가 되었다고 생각했다. 파라는 단도직입적으로 물었다. 용건이 뭐야? 그는 전화로 말하기는 곤란하다고 했다. 혹시 돈 때문이야? 파라는 그가 빌려준 천만 원을 아직 갚지 못했다. 그는 아니라고 했고 파라의 사정에 맞추어 약속 날짜와 시간을 잡았다. 재이의 이른 하교 때문에 파라가 시간에 묶여 지냈기 때문이다.

다음 날 오전 열 시에 둘은 파라의 집 근처 스타벅스에서 만났다. 이혼 후 처음이었지만 생각보다 불편하지 않았다. 그가 음료를 주문했고 파라는 그의 뒤에 섰다.

아이스 아메리카노랑 뜨거운 아메리카노 주세요. 다, 당신은 샷 추가하지? 아메리카노에 샷 추가해주세요. 아이고 이런, 제가 실수했군요. 아이스 아메리카노에 샷 추가입니다.

그는 여전히 어수룩했다. 하늘색 와이셔츠에 진회색 리넨 바지. 파라는 바지 밖으로 삐져나온 그의 셔츠를 쳐다봤다. 그것만 아니라면 그의 옷매무새는 말끔해 보였다. 향수 냄새가 진했는데 그와 잘 어울렸다. 파라는 그가 향수를 뿌리는 건 한 번도 본 적이 없었다. 그는 달라졌고 전보다 좋아 보였다. 카페는 아이를 유치원이나 학교에 등교시킨 엄마들로 붐볐다. 그들 중 누군가가 파라의 어깨를 가볍게 쳤다. 루키엄마였다. 그녀는 같은 초등학교 학부모로 만나 친해졌는데 다른 엄마들보다 좀 더 특별한 사이였다. 부부 동반으로 종종 만나기도 하는.

재이아빠가 아니네?

눈을 둥그렇게 뜬 만삭의 루키엄마에게 그가 고개를 숙여

인사했다. 파라는 허리까지 숙이는 그의 모습이 마음에 들지 않았다. 그의 셔츠는 이제 바지 밖으로 완전히 빠져나왔다. 파라는 미소로 답을 대신한 뒤 서둘러 이 층으로 올라갔다. 며칠 전에 들었던 그녀의 하소연이 뒤로 따라붙었다.

둘은 햇살이 들어오는 자리에 마주 앉았다. 그는 느릿느릿한 말투로 두서없이 말했다. 특별할 것 없는 날씨나 전날의 뉴스 같은 것들을. 파라는 그의 얘기를 들으며 커피에 뜬 얼음을 하나씩 씹었다. 둘 사이에 자꾸만 루키엄마의 놀란 표정이 끼어들었다. 그는 파라를 쳐다보다가 갑자기 조덕영의 안부를 전했다. 그 자식은 지금도 여전하다니까. 얼마 전엔 집에 놀러 왔다가 와이프 앞에서 헛소리를 지껄이는 바람에 둘 다 쫓겨날 뻔했다고. 덕분에 난 지금도 각방을 쓰고 있어. 내 평생의 원수지, 아마.

조덕영이라니.

파라는 정신이 번쩍 들었다. 조덕영은 그의 둘도 없는 친구였다. 그와 부부였을 땐 파라도 조덕영과 가깝게 지냈다. 그러니까 조덕영은 파라의 친구이기도 했다. 여드름 상처로 피부가 푹푹 팬 마른 얼굴. 지쳐 보이는데 소년 같았던 느낌. 파라는 조덕영에 관해서라면 선명한 기억을 아주 많이 간직하고 있었다.

네 와이프가 맘에 안 들었나 보지.

파라가 중얼대듯 말했다.

응?

그는 어리둥절한 표정을 지었다.

잘 지내지?

똑같지 뭐. 널 보고 싶어해.

파라는 조덕영을 찬찬히 떠올렸다. 조덕영은 단숨에 파라의 기억 속으로 달려왔다. 파라는 조덕영이 편했다. 덕영은 겉모습뿐 아니라 이면도 단순했다. 파라는 언제나 그렇게 느꼈다. 그래서였을 것이다. 파라는 조덕영 앞에서 말이나 행동을 포장하지 않았고 싫은데 괜찮은 척하지 않았다. 생각해보면 대부분 즐거웠지만 화도 많이 냈다. 전남편과 둘이서 한 번씩 사고를 쳤기 때문이다. 이를테면…… 스쿠터. 그래, 스쿠터. 주말마다 사라지는 둘을 수상히 여긴 파라가 남편의 뒤를 밟았다. 그는 집을 나서면서도 파라를 경계하지 않았다. 파라는 버스에서 그가 보이는 뒷자리에 편안히 앉았다. 신림동의 구불구불한 골목길을 올라가 둘은 조우했다. 파라는 멀지 않은 곳에서 둘을 지켜봤다. 조덕영이 전봇대 밑에 검은 방수천을 걷어내자 두 대의 스쿠터가 모습을 드러냈다. 응달이었는데도 스쿠터는 반질반질 윤이 났다. 둘은 자물쇠를 한

참 동안 풀더니 낄낄대며 스쿠터에 올라탔다. 스쿠터는 조덕영의 고시학원비와 파라 부부가 붓기 시작한 적금이 고스란히 들어간 거였다. 둘은 파라에게 빌고 또 빌었지만 결국 스쿠터를 처분해야 했다.

파라가 이혼할 즈음 조덕영은 대치동에 수학학원을 열었다. 고시학원비를 벌기 위해 해오던 아르바이트를 생업으로 삼았다. 가르치던 학생과 그 친구들 몇을 모아 소그룹으로 시작했다. 엘리베이터도 없는 꼭대기 층, 책상만 몇 개 들어가는 창고 같은 데였다. 파라는 그곳을 혼자 찾아갔었다. 낡은 옥색 철문을 밀고 나오던 조덕영의 눈빛이 떠오르자 파라는 얼른 생각을 털어버렸다.

학원은 잘 되고?

파라는 기대 없이 물었다.

굼벵이도 구르는 재주가 있다더니, 조덕이 일을 치긴 쳤지. 그것도 대치동에서 말이야. '킹조 막강수학'이라고 검색해봐. 킹 조덕영! 거기선 정말 조덕이 킹이었어. 덕수 형까지 인권 변호 때려치우고 학원 키웠잖아. 정말 대단했다고.

대단했다고? 파라가 물었다. 지금은?

대전으로 내려갔어.

그는 조덕영에 대한 많은 이야기를 들려줬다. 파라를 만나러 온 이유와 함께.

*

　다음 날 아침 파라는 재이를 등교시킨 뒤 동사무소에 갔
다. 일 퍼센트의 지분을 정리하기 위해서. 그게 그가 파라를
찾아왔던 이유였다. 파라는 전남편의 자동차에 자신의 몫이
남아 있단 걸 잊고 지냈다. 전혀 염두에 두었던 일이 아니었
다. 이혼 전 그가 차를 살 때 파라가 자신의 지분을 설정했었
다. 계약서를 쓰는 자리에서 즉흥적으로 결정했다. 일 퍼센트
였던 이유는 소유권 문제가 아니었기 때문이다. 그는 누군가
를 돕기 위해 언제든 차를 처분할 수 있는 사람이었고 파라는
그걸 막고 싶었다. 하지만 우려와 달리 차는 십 년 이상 무사
했던 것 같다. 이제야 매도한다는 걸 보니까.
　파라는 준비한 도장으로 인감을 등록했다. 차량매도용으
로 인감증명서를 발급받은 뒤 그에게 전화했다.
　뭐가 이렇게 복잡해, 위임장은 구청에 가야 한다는데?
　미안미안. 내가 잘못 생각했어, 지금 거기로 갈게.
　전화기 너머 클랙슨이 요란하게 울렸다. 그는 경황이 없는
것 같았다.

지금? 대전에 산다며? 그는 서울이라고 했다. 양재 교차로를 지나고 있다고. 파라는 서류를 우편으로 보내겠다고 우기다가 결국 그에게 졌다. 그럼 자동차등록소로 가면 돼?

파라는 모든 게 마뜩잖았다.

데리러 갈게. 어제 거기, 그래, 스타벅스에 들어가 있어. 어이쿠 전화 들어온다, 가서 전화할게.

그는 대답을 듣지도 않고 전화를 끊어버렸다. 파라는 어두워진 휴대폰 액정을 바라보다가 한숨을 내쉬었다. 파라는 이웃이 붐비는 장소에 그와 함께 있기 싫었다. 루키엄마의 표정이 생생했고 파라는 그들의 입에 오르내리고 싶지 않았다. 이웃들은 다른 이들의 이야기를 너무 쉽게 했다. 얼마 전 초등학생 실종사건만 해도 그랬다. 이 학년 성민은 바지에 똥을 싼 게 부끄러워 화장실에 숨었다가 늦은 밤 발견되었다. 경찰이 동네 안팎을 수색하는 동안 단톡방으로 촘촘히 연결된 이웃들은 성민의 신상과 사진을 공유했다. 그러다 누군가의 한마디 때문에 실종은 가출로 왜곡되었다가 성민을 찾은 뒤엔 한 가지 사실만이 또렷이 남았다. 성민엄마가 계모라는.

걔 엄마가 계모잖아요.

파라도 계모였다. 재이가 세 살 때 남편과 결혼했다. 재혼 후 이사해서 이웃들은 몰랐다. 언젠가 루키엄마가 성민의 실종사건에 대해 얘기한 적이 있는데 그녀도 이웃들과 다를 바 없었다. 아무리 바지에 똥을 쌌기로서니 코앞에 집을 놔두고 학교에 숨었다는 게 무슨 뜻이겠냐고. 그건 다 친엄마가 아니라 그런 거라고. 나도 같은 처지라는 걸 알게 되면 어떤 표정을 지을까? 파라는 그녀를 보며 그런 생각을 했던 것 같다. 아무래도 스타벅스는 불편했다. 약속 장소를 바꾸려는데 카톡이 도착했다. **자기, 어디야?** 루키엄마였다. 어딘가에서 그녀가 쳐다보는 것 같아 파라는 주변을 두리번거렸다.

루키엄마는 며칠 전 파라에게 두 시간이나 하소연을 늘어놓다가 루키의 하원 시간 때문에 하던 말을 끝내지 못하고 카페를 뛰쳐나갔다. 그날의 사연은 좀 특별했다. 캘리포니아주에 사는 여동생이 이혼하게 생겼다고, 어린 두 딸과 그녀의 집으로 올지도 모른다고 했다. **오늘 시간 어때?** 이번에도 루키엄마였다. 파라는 그녀에게 대답할 말을 찾느라 대화창에 깜빡이는 커서만 노려보았다. 카톡은 연달아 왔다. **어제 그 사람은 누구야? 잘생겼던데.** 파라는 그에게 전화했다.

지하철역으로 와. 카페 건너편이야.

루키엄마에겐 사정이 있다고 답을 보냈다. 파라는 휴대폰을 핸드백에 아무렇게나 쑤셔 넣고 역을 향해 걸었다. 햇살은 파라의 머리 위로 강렬하게 내리꽂혔다. 루키엄마의 제부는 바람을 피웠다. 샌프란시스코행 비행기에 내연녀와 동행한 걸 손윗동서인 루키아빠가 목격했다. 문제는 제부의 태도였다. 그는 매우 당당했다. 제부는 부인에게 이렇게 말했다. 모두가 그렇게 살아. 내가 특별한 경우는 아니라고. 그녀의 여동생은 남편의 말보다 자신의 모습이 더 견딜 수 없었다고 했다. 젖에 얼룩진 티셔츠와 산발인 머리카락. 그 와중에 갓 백일을 넘긴 딸은 자지러지게 울었다고.

그러니까 뭘 할 수 있었겠어? 라는 그녀의 말에 고개만 끄덕였다. 그날 루키엄마는 양 볼이 상기되어 좀체 화를 가라앉히지 못했다. 그녀는 말을 하면 할수록 더 화가 나는 것 같았다. 마치 자신에게 화가 난 사람처럼. 더 웃긴 건, 그 멍청한 게 자긴 남편을 사랑한단 거야. 헤어질 수가 없대. 이혼을 요구하는 쪽은 오히려 제부였다고. 각자 다른 사람을 자유롭게 만나거나 아니면 헤어지거나, 둘 중 하날 선택하란 거였지. 세상에 그렇게 뻔뻔할 수가, 대체 걔가 뭘 선택할 수 있었겠어? 걘 지금 산후우울증까지 앓고 있다고. 그녀는 얼음이 다 녹은 주스를 빠르게 들이켰다. 그러곤 한 손으로 가슴을 두드렸다. 그런데 말이야…… 이제는 동생 때문에 더 화가 나. 어쩌면 그렇게 생각이 없을까? 철이 없다는 말로는 부족해. 아버지 돈으로 남편 뒷바라지를 하더니, 이젠 우리 동네에 집을 사달라잖아. 자기야, 여기가 좀 비싸니? 이제 우리 부모님에게 남은 건 살고 계신 집 하나뿐이야. 그것도 파주 저어어어어 끝! 캘리포니아에 집 마련해주고 사위 박사 만드느라 건물은 진작에 팔아먹었다고. 어휴 열받아, 나 월세인건 자기도 알지?

가로수가 드문드문 늘어섰는데도 그늘은 거의 없었다. 파라는 경의선 입구의 야외 벤치에 앉았다. 반쯤은 그늘지고 반쯤은 직사광선에 노출된 길쭉한 나무 의자였다. 그는 도착하려면 이십 분 정도 걸린다고 했다.

*

이제 벤치는 한여름의 뙤약볕에 완전히 드러났다. 파라는 해를 피해 편의점으로 들어갔다. 물 한 병과 오래전에 즐겼던 멘솔 담배를 샀다. 초록색 담뱃갑을 보니 지나간 것들이 떠올랐다. 시간과 기억들. 이제는 없는 것들. 파라는 담배를 가방 깊숙이 넣은 다음 물병 뚜껑을 땄다. 갈증이 나지도 않는데 물을 벌컥벌컥 마셨다. 삼십 분이 지나도 그는 오지 않았고 파라는 십 분을 더 기다리다 집을 향해 걸었다. 햇볕은 너무 뜨거웠고 티셔츠는 자꾸 몸에 달라붙었다. 차 한 대가 속도를 늦추며 인도로 붙었다.

파라야!

그의 차였다. 그는 검은색이 좋다고 했는데 파라가 우겨서 샀던 흰색 투싼. 보자마자 친근한 번호판. 특별히 상한 곳이 없는데도 투싼은 십 년이라는 시간을 입어 바래고 남루했다.

이십 분 걸린다며!

미안미안, 어서 타.

파라는 뒤에 타려다가 앞문을 열었다.

첨부터 늦는다고 하던가.

파라는 일부러 차 문을 세게 닫았다.

저 자식을 태워 오느라. 하여간 인생의 원수라니까.

파라야, 잘 지냈지?

조덕영이었다. 조덕영은 뒷자리에 앉아 파라를 보며 그답게 웃었다. 양쪽에 아무렇게나 걸린 옷들 사이에 짐처럼 끼어서는.

저 자식이 사는 거야, 이 차 말이야.

깜빡 잊었던 사실인 것처럼 그가 말했다.

내 드림카는 노란 람보르기니였는데.

조덕영은 주름살이 늘었는데도 사춘기 소년 같은 분위기를 잃지 않았다.

그러니까 짜식이, 잘나갈 때 뽑았어야지!

조덕영은 '킹조 막강수학'을 대치동 최고의 수학학원으로 키웠다. 밤낮없이 그리고 휴일도 없이 일했다. 학생의 성적향상만이 그의 보람이었다. 그건 진심이었을 거라고 파라는 생각했다. 하지만 여러 가지 문제가 생겼다. 학원을 확장할 때마다 투자자의 무리한 요구를 거절하지 못했고 조덕영의 형인 덕수가 카지노에 빠져 공금을 횡령했다. 덕수가 조덕영의 통장을 손대서 조덕영의 경영 자격까지 박탈되었다. 이미 유명해진 학원은 조덕영 없이도 잘 굴러갔다. 조덕영은 빈털터리로 대치동을 떠났다. 대전에 내려가 다시 학원을 개원한 이유는 가족들의 생계와 부모님의 암 재발 때문이었다.

죽어야 끝나, 저 자식 등에 빨대 꽂은 인간이 한둘이어야지.

그가 말했다.

당신은 안 꽂았고?

야, 난 청춘을 바친 퇴직금 전부를 투자한 거라고.

사채이자 받는다며?

그건 내가 아니라 누님, 아니 와이프가…….

월급도 받는다며?

그거야 조덕이 부탁을 하니까…….

쪽팔리게 상담실장이 뭐야? 상담을 하긴 해?

조덕영이 파라의 어깨를 가볍게 두드렸다.

쟤 말고는 돈 빌려주는 인간이 하나도 없더라. 친구 많아도 소용없더라고. 그리고 쟤, 나한테 올인했다가 이혼당할 뻔했어. 그것도 재혼하자마자. 제수씨가 정말 무섭거든.

잘못하고 사니까 무섭지! 나도 무서웠겠다?

야, 넌 누님에 비하면…….

그의 말을 자르며 조덕영이 말했다.

그나저나 파라야, 진짜 반갑다. 영영 못 보는 줄 알았는데.

대시보드 거치대에 붙어 있던 휴대폰이 울렸다. 그가 통화 버튼을 누른 뒤 스피커폰 기능으로 돌렸다.

어디야? 그의 와이프였다. 덕영씨도 없네?

소리가 너무 커서 그는 급하게 볼륨을 줄였다.

아아, 출장. 그래, 잠시 출장 왔어.

출장? 쌍으로?

본점에 회의. 대, 대치동이야.

나도 모르는 회의가 있어? 거기 어디야?

어이쿠, 전화 들어온다. 이따 전화할게.

그는 대답도 듣지 않고 통화종료 버튼을 눌렀다.

그는 멋쩍어했다. 잠시 정적이 흘렀다.

밥은 먹었어?

조덕영이 파라에게 묻자 그가 기다렸다는 듯 맞장구쳤다.

어우 배고파, 그래 밥부터 먹자. 차가 도망가는 것도 아니니까.

안 먹었지?

조덕영이 재차 물었다. 조덕영의 눈은 더 나빠진 것 같았다. 안경렌즈가 훨씬 두꺼워졌다.

안 먹었어. 파라가 조덕영의 눈을 가만히 들여다보다 덧붙였다. 덕영아, 좋아 보인다.

그래?

조덕영이 활짝 웃었다.

사실은 좋아 보이지 않았다.

*

파라는 그와 합의이혼했다. 아이가 없어서 어렵지 않았다. 법원에서 이혼확인서를 받는데 이상한 마음이 들었다. 그와 함께했던 시간이 순식간에 날아가버리는 느낌. 지나간 시간은 놓쳐버린 헬륨 풍선처럼 허공 어딘가엔 떠 있겠지만 더이상은 볼 수도 만질 수도 없을 거였다. 파라는 텅 빈 마음을 털어내며 서둘러 법원 건물을 빠져나왔다. 뒤를 따라오는 그의 표정은 보지 않아도 환하게 그려졌다. 보지 않고도 그를 느낀 건 오래된 일이었다. 둘은 캠퍼스커플로 만나 십 년 동안 한 번도 헤어지지 않았다. 항상 그가 매달렸고 이번엔 그러지 않았다.

파라야! 그가 몇 번 불렀지만 파라는 돌아보지 않았다. 강파라!

그는 파라의 옆으로 와서 걸었다. 그의 옷은 모두 파라가 사줬는데 그날 입은 건 아니었다.

네 갈 길 가.

커피 마시자. 아이스 아메리카노, 샷 추가해서.

혼자 마셔.

그러지 말고…….

회사 들어가야 해.

야!

넌 아냐?

아냐!

혼자 마시면 되겠네.

파라는 내리막길을 내려갔다. 저 앞에 카페가 보였다.

부탁이야.

카페 앞에서 그가 파라의 손목을 잡았다. 손이 따뜻했지만 이제 둘은 아무것도 아니었다.

잘 살아.

파라는 그에게서 손을 빼냈다. 그는 낯선 바지를 입고 서서 눈물을 후드득후드득 떨어뜨렸다.

걱정 마, 잘 살 거니까.

파라는 그를 뒤로하고 지하철역으로 걸었다. 가을볕은 건조했다. 그가 싫어했던 긴 머리카락이 바람에 흩날렸다. 등 뒤로 그를 느끼면서 파라가 계속 되뇌었던 건 둘이 함께하는 동안 그가 잘못했던 것들이었다. 그의 잘못을 떠올리면 아주 조금은 위로가 됐다. 벌써 구 년 전 일이었다.

파라 건너편으로 그와 조덕영이 앉았다. 간장게장을 파는 밥집이었다. 예전엔 셋이서 종종 찾던 곳이었는데 그와 헤어진 후엔 오지 않았다. 이제는 그의 얼굴을 봐도 마음 같은 건 읽을 수 없다. 조덕영은 웃고 있었는데 우울해 보였다.

왜 여태 결혼 안 했어?

파라가 조덕영에게 물었다.

했는데?

조덕영이 작은 눈을 크게 떴다.

정말? 축하해 덕영아. 그런데 조덕영의 표정이 무거워졌다. 아주 잠시 침묵이 흘렀고 파라가 또 물었다. 애도 있어?

나 같은 게 무슨.

조덕영이 바보처럼 웃었다.

그 언니야?

언니?

네 첫사랑 화정언니.

아아, 화정이. 파라 너 정말 대단하다, 그렇게 오래된 이름까지 기억하고. 난 이제 생각도 안 나.

한강에서 죽는다고 난리 치던 건 기억나냐? 의리 없는 새끼.

그가 조덕영의 뒤통수를 후려쳤다. 파라는 깜짝 놀랐는데 조덕영은 뒤통수만 한 번 긁적였다.

의리? 난 그런 거 없어.

조덕영이 혼잣말처럼 중얼댔다. 마침 식사가 나왔고 테이블에 반찬이 가득 깔렸다. 밥상을 보니 생각이 났다. 각자 좋아했던 것들. 감태김과 폭탄달걀찜과 낙지젓. 어딘가에서 표류하고 있을 풍선들.

재이 하교가 두 시야.

파라가 먼저 수저를 들었다.

이전등록은 구청 가도 된다더라, 바로 옆이잖아.

그래 파라야, 천천히 먹어.

셋은 조용히 밥만 먹었다. 그와 조덕영은 시끄러운 편이었는데 그러지 않았다. 밥 두 공기를 추가로 주문했을 때 셋의 휴대폰이 일이 초 간격으로 울렸다. 그와 조덕영은 신경 쓰지 않았고 파라는 젓가락을 내려놓았다. 파라는 재이를 돌보며 휴대폰을 확인하는 습관이 생겼다. 재이가 어릴 때 어린이집에서 온 전화를 받지 못해 곤혹스러웠던 적이 있어서.

내일은 어때? 루키엄마였다.

내일 뭐 해?

그가 물었다. 파라는 대화창을 보다가 그의 말에 발끈했다.

그게 왜 궁금한데?

고개를 들어보니 조덕영에게 물은 거였다. 둘은 모른 척하고 대화를 주고받았다.

가야지.

조덕영이 대답했다.

뭐가 그렇게 급해?

밥 먹자.

학원은? 내가 휴가로 처리해두긴 했어. 와이프도 의심 안 해.

밥 먹자고. 조덕영의 표정은 단호했다. 그의 휴대폰이 울리자 조덕영이 휴대폰을 집어서 그에게 건넸다. 제수씨잖아,

일 만들지 말고 받아.

나야말로 제수씨한테 뭐라고 하냐?

휴대폰은 계속 울렸다. 그는 신경질적으로 전화기를 낚아채 밖으로 나갔다.

너 어디 가? 그가 나간 후 파라가 덕영에게 물었다. 조덕영이 곤란한 표정을 짓자 파라는 얼른 손사래를 쳤다. 아냐, 됐어. 뭐 나한테까지.

괜찮아 파라야. 조덕영이 숟가락을 내려놓으며 천천히 말했다. 모두 나만 쳐다보는데, 끝이 없더라. 이제 그만하려고. 조덕영은 계속 말했다. 파라에게 변명이라도 하듯이. 남은 사람들은 또 그런대로 잘 살더라. 뭐, 그렇더라고. 조덕영은 옛날 얘기도 했다. 창윤에 대한. 이제 와 이런 얘긴 뭐하지만, 으로 시작했다.

그때 말이야, 너희 헤어지던 날. 가을이었던가? 그러고 보니 정말 오래됐구나. 그래도 결코 잊을 순 없지. 우리들은 청춘을 함께한 사이니까. 여튼 그날 밤에 창윤이가 찾아왔어. 이젠 너랑 남이 됐다고 말이야.

법원을 나오는데 은행잎이 함박눈처럼 쏟아지더래. 네가 뒤도 돌아보지 않고 내리막길을 내려가는데 눈물이 났다더라.

이제는 무엇이 되었든 만회할 기회를 영영 잃어버린 것만 같아서. 그래, 작별이란 그런 거겠지. 네가 끝까지 거절해서 창윤인 혼자 카페에 들어갔대. 바로 그 자리를 떠날 순 없었다 하더라고. 커피를 두 잔째 마시는데 제수씨한테 전화가 왔고. 그래, 지금 와이프 말이야. 창윤인 그때 이미 제수씨와 깊은 사이였어. 제수씨는…… 확실한 이혼확인서를 요구했고 창윤인 정말로 그렇게까진 하고 싶지 않았지만 그날 오후 동사무소에 가서 이혼을 신고해야 했어. 몰랐는데, 접수하지 않은 이혼확인서는 시간이 지나면 무효가 된다더라.

창윤인 그날 술을 많이 마셨어. 어느 술집에선가 전화기도 잃어버렸고. 다음 날 새 휴대폰을 사서 네 번호를 눌렀는데 넌 이미 번호를 바꾼 뒤였지. 왜 그랬던 거야? 그땐 나도 정말 섭섭하더라고.

어쨌거나 창윤인 제수씨와 바로 결혼하진 못했어. 제수씨 전남편이 딸을 데려가겠다고 협박했거든. 혼자 딸을 키우거나, 재혼하려거든 딸을 자신에게 보내란 거였지. 삼 년 전에 결혼식을 올릴 수 있었던 건 둘 사이에 아이가 태어났기 때문이야. 그땐 제수씨 전남편도 재혼한 뒤라 딸 얘긴 하지도 않았고.

왜 이렇게 말이 많아진 건지 모르겠다. 파라 너, 대치동

학원으로 찾아왔던 날 기억해? 그래, 너희 이혼 직전에 말이야. 간판도 없는 창고 같은 델 어떻게 찾아냈는지 정말 놀랐었는데. 그날은 네 얘기만 듣고 보내버렸지만 난 기회를 봐서 창윤이 얘기를 꼭 해주려고 했어. 그래, 제수씨 존재 말이야. 너만 모르는 사실이었으니까. 그런데 망설이다 네 번호도 바뀌었고 이젠 시간이 너무 지나버렸네. 파라야, 진작 얘기해주지 못해서 미안하다.

계단은 좁고 가팔랐다. 파라는 사 층까지 걸어올라갔다. 분명히 수학학원이라고 했는데 간판이 없어서 파라는 다시 한번 층수를 확인했다. 옥색 철문 앞에는 나무젓가락이 꽂힌 짜장 그릇이 놓여 있었다. 얼핏 구석으로 숨어드는 검은 쥐 한 마리를 본 것도 같았다. 파라는 개원 선물도 준비하지 않았다. 거긴 조덕영의 첫 직장이었는데. 파라는 갑자기 미안해져서 문 앞에 우두커니 서 있었다. 초인종 같은 건 없었다.

문을 두드리지도 않았는데 철문이 날카로운 소리를 내며 열렸다.

여긴 웬일이야?

조덕영은 놀란 것 같았다. 놀라긴 파라도 마찬가지였다.

개원했다고 해서.

들어와, 얼른.

조덕영은 문을 밀어내며 파라가 들어올 공간을 만들어줬다. 어정쩡한 자세로 버티는 모습이 그다웠다.

그냥 먼저 들어가.

파라가 조덕영의 등을 밀었다.

교실은 칠판과 몇 개의 책상이 전부였다. 그곳은 한낮인데도 형광등을 켜야 했다. 조덕영은 파라에게 플라스틱 의자를 내어주고 밖으로 나가 캔커피를 사왔다. 둘은 한참을 말없이 앉아있었다.

학원은 잘 돼?

파라가 먼저 입을 열었다.

열심히 해야지.

들었지?

응?

내 얘기.

다 창윤이가 잘못한 거지. 미안하다 파라야. 내가 끝까지 말리지를 못해서…….

조덕영은 파라와 눈을 맞추지 못했다.

역시 모르는구나.

파라야, 많이 속상하겠지만…….

덕영아.

파라가 조덕영의 말을 잘랐다. 그리고 앞에 놓인 캔 뚜껑을 따서 커피를 단숨에 들이켰다.

하고 싶은 말이 있으면 편하게 해.

조덕영이 말했다.

내가 헤어지자고 한 거야.

무슨 소리야?

알고 있으라고.

불편한 침묵과 메트로놈 같던 시계의 초침 소리.

파라가 말했다.

다 지나간 일이야.

창윤은 통화를 끝내고 들어와 남은 밥을 맛있게 먹었다. 파라는 이제 창윤에게 섭섭하지 않았다. 그냥 그렇게 되었다. 셋은 구청에 가서 투싼의 명의를 조덕영 앞으로 이전했다. 등록세와 취득세는 창윤이 준비했고 셋 사이에 돈거래는 없었다. 조덕영은 투싼을 타고 멀리 떠난다고 했다. 돌아오지 않겠다고. 목적지는 창윤에게도 알리지 않았다. 창윤은 친구의 마음을 이해했고 지지하긴 했지만 많이 섭섭해 보였다. 대전의 '킹조 막강수학'은 대치동 명성만큼은 아니었지만 이제 막 학원가를 주름잡기 시작했고 조덕영 없이도 괜찮을 것 같았다. 그렇지 않다고 해도 어쩔 순 없는 일이다. 파라도 조덕영과 마지막 인사를 나누었다. 마지막. 파라는 그렇게 생각했다.

*

한낮의 놀이터는 여전히 뜨거웠다. 선글라스를 끼지 않으면 눈조차 뜨기 힘든 햇빛이 쏟아졌다. 아이들은 폭염에 무방비로 노출되었다. 재이는 수돗가와 모래 위를 뛰어다니더니 모래성을 쌓았다. 더위에 지친 파라는 보랭병에 담아온 얼음물을 조금씩 마셨다. 재이가 고개를 들고 벤치에 앉아 있는 파라에게 손을 흔들었다. 재이는 초등학교에 진학한 뒤에도 파라를 많이 찾았다. 친구들은 벌써 이른 사춘기가 찾아왔다던데. 재이는 파라의 답을 기다리는듯 파라에게서 시선을 거두지 않았다. 파라는 마시던 물을 내려놓고 손을 흔들어주었다. 재이는 다시 모래를 쌓기 시작했다. 시간이 지날수록 모래성은 크고 탄탄해졌다. 그만큼 재이의 머리는 뜨거워 보였다. 파라는 재이에게 다가가 모자를 씌워줬다. 그리고 생각했다.

재이는 모른다, 지나간 이야기 같은 건.

파라는 어제 루키엄마를 만났다. 루키네 집에는 반갑지 않은 손님이 들이닥쳤다. 결국 그렇게 되었다. 루키엄마는 말했다. 애 둘 데리고 무슨 짐을 그렇게 많이 가져왔는지 이민 온 줄 알았다니까. 그래, 다 좋다 이거야. 문젠 왜 하필 나냐고. 파주에 데려다준다니까 죽어도 싫대. 어휴…… 내쫓을 수도 없고, 마주 보면 싸울 것 같고, 그래서 이렇게 피해 나오긴 했는데……. 어젠 루키 학원 마치고 들어가니까 그 큰 짐을 거실에 풀어놨더라고. 뭐라고 해야 할지 말도 안 나오더라. 걔 엄마한텐 절대 말하지 말라는데, 말씀드려야겠지? 그치 재이 엄마? 파라는 동생이 이혼을 결정한 거냐고 물어보았다. 루키엄마는 잠시 감정을 억누르다 말했다. 그 여자가 사는 샌프란시스코에 간 뒤론 전화도 안 받는대. 그러니 걔가 뭘 결정할 수 있었겠어? 그 자식도 제정신이 아닌게, 아들까지 있는 유부녀가 이혼이라도 하고 자기랑 살아주겠냔 말이야. 촌놈을 유학 보내줬더니 아주 국제적으로 놀아.

자기야.

루키엄마였다. 그녀가 해를 등지고 걸어와서 파라는 눈이 부셨다. 수요일엔 놀이터 앞 청소년수련관에서 루키가 체스수업을 받았다. 재이는 재미없다고 그만뒀다.

오늘부터 서초동에 가야 해. 그녀가 선글라스를 벗으며 땀을 닦아냈다. 루키 라이드하러 말이야.

수학?

레테를 봤는데 좋은 점수가 나왔어, 얼마나 다행이니. 그녀가 파라 쪽으로 몸을 기울이며 말했다. 재이도 같이 보내자, 응? 애들 기다리면서 우리는 카페에서 수다나 떨고. 참, 그거 가져왔어?

루키엄마는 파라에게 영어자료를 부탁했었다. 모국어 습득방식에 관한 거였고 재이는 삼 년 전에 시작했다.

몇 개 챙겨왔어, 디비디랑.

루키엄마는 서초동 학원가에 대한 정보를 늘어놓다가 하던 말을 마치지 못하고 청소년수련관으로 뛰어갔다. 그녀는 루키의 일정이 끝나야 집에 들어갈 수 있을 것이다.

파라는 재이를 불렀다.

화장실 좀 다녀올게.

재이는 어느새 정글짐 위에 올라가 있었다. 파라를 한 번 쳐다보더니 다시 친구에게 달려갔다. 파라는 가방을 들고 놀이터를 벗어났다. 건너편 상가에 공중화장실이 있었다. 파라는 천천히 걸어가 화장실 앞에 섰다. 옥색의 낡은 철문. 언젠가의 조덕영이 떠올랐고 지금쯤은 어딘가에 당도했을 그의 모습도 그려졌다. 킹, 조덕영. 파라는 창윤에게 들었던 그의 별명을 조용히 읊조려보았다. 그의 앞날에 힘든 사연은 생기

94

지 않았으면 좋겠다고 생각하면서.

서향 화장실은 뜨거운 열기로 가득했다. 어디서나 여름이었다. 파라는 마지막 칸에 들어가 문을 잠갔다. 그리고 가방 깊숙한 곳에서 멘솔 담배를 꺼냈다. 파라는 한때 멘솔 담배를 즐겨 피웠다. 연기를 들이마시면 목이 시원해지는 느낌을 좋아했다. 하지만 애써 기억하지 않으면 생각나지 않는 일이 되었다. 파라는 변기에 앉아 그중 한 개비를 천천히 피웠다. 그리고 나머지는 쓰레기통에 버렸다.

해피버스데이

한나는 후회했다. 아무래도 너무 쉽게 약속을 해버린 것 같았다. 하지만 이미 그녀는 동서울행 버스를 탔고, 차는 고속도로를 빠르게 달렸다. 오후 세 시였는데 차창 밖은 잿빛이었다. 안개는 점점 짙어졌다. 아마 넉 달쯤 지났을 것이다. 한나와 친구들은 계절에 한 번씩은 모였고 이번 모임의 명분은 한나의 생일이었지만 무엇이 되었든 축하받기에 적당한 시기는 아니었다.

모든 게 문제투성이였다. 애초에 남편이 제안했던 귀촌을 거절해야 했을까? 그는 혼자 땅을 살피러 가더니 단양의 숲속 풍경에 반했다. 양조장을 연 게 문제였을까? 양조장은 그녀가 원하던 일이 아니었다. 단양으로 귀촌한 후 생긴 남편의 취미를 생업으로 확장했을 뿐. 그는 산지기 일을, 한나는 미술강사 일을 그만두고 좁은 양조장에서 함께 일했다. 조합에서 빌린 돈을 갚기 위해 밤낮없이. 남편이 사람 만나는 걸 싫어해서 술은 한나가 팔았다. 얼마 전까지 그녀는 단양 일대의 술집마다 영업을 다녔으며 전국의 전통주박람회를 직원도 없이 순회했다. 술을 파는 인생은 단 한 번도 생각해보지 않았다. 한나는 자신이 존중받지 못한다고 느꼈다. 이제는 그만하고 싶었다. 어느 날 한나는 저녁을 먹다가 더는 못 참겠다고 감정을 터트렸다.

다시 말해봐.

남편이 작은 눈을 번쩍 뜨며 말했다.

헤어지자고.

뭐라고?

이혼해.

너, 그 말 번복하지 마라.

남편은 기다렸다는 듯 한나의 말에 못을 박았다.

어제는 희주에게 전화해서 신세 한탄을 한참이나 늘어놓았다. 한나를 위로해주던 그녀는 갑자기 윤화의 이야기를 꺼냈다. 교수님 장례식장에서 윤화를 봤다고. 윤화는 꼿꼿이 앉아 육개장 한 그릇을 깨끗이 비웠다고 했다. 윤화라니. 언제나 그곳에 있었지만 외면했던 과거가 사납게 달려들었다. 남편의 전부인이 죽은 건 윤화 때문이었다. 윤화는 대학원에 다닐 때 유부남이었던 남편과 연애했다. 그때 한나는 대학원 조교였는데 남편 전부인의 전시회에 갔다가 윤화의 연애를 폭로했다. 어두운 교정에서 둘이 한 몸처럼 붙어 있었다고, 윤화의 서랍에서 눈처럼 하얀 피임약을 발견했다고. 남편의 전부인은 한나의 말을 들은 뒤 조용히 자리를 떠났다. 그리고 며칠 후 유서를 남기고 죽었다. 스스로 목숨을 끊었다. 유서에는 윤화의 이름을 남겼다.

그러니까 그녀가 죽은 건 다 윤화 때문이라고, 모두가 그렇게 말했다.

한나도 그렇게 믿고 싶었다.

부인이 죽자 남편은 시드니로 떠났다. 몇 년 뒤 그가 귀국했을 때 제자였던 한나는 전도유망한 젊은 작가로 이름이 알려지고 있었다. 한나는 그의 연락처를 수소문해 개인전에 초대했다. 그는 전시회 마지막 날 찾아왔는데 완전히 다른 사람이 되어 있었다. 모든 것에 절망한 사람처럼 보였다. 무엇보다 작업을 그만뒀다고 했다. 도저히 그릴 수가 없었다고. 왜 그랬을까? 한나는 그를 구원하기로 마음먹었다. 초라하더라도 괜찮은 인생을 만들어보겠다고 다짐하면서.

남편을 구원하진 못했지만 오랜 세월 그의 상처를 보듬어 주었다고 한나는 자부했다.

그렇지만.

내가 윤화의 비밀을 폭로하지 않았다면, 그랬다면 그녀는 자살하지 않았을까?

아니야, 어차피 둘은 별거 중이었잖아.

게다가 그녀는 우울증이었다고.

그날에 대해서라면 한나는 변명하고 싶은 게 많았다.

붉은 석양이 안개 위로 탁하게 내려앉았다. 한나는 버스에서 내려 천천히 걸었다. 주머니에서 휴대폰이 부르르 떨었다. 카톡 알림이 연달아 울렸다. 친구들일 테고 그중에서도 희주의 글이 가장 많을 것이다. 지하철 입구는 껌처럼 눌어붙은 은행의 잔해들로 더러웠다. 아주아주 오래된 것들. 냄새마저 사라진 것들. 겨울이 지나고 봄이 다가오는데도 은행이 가지에 촘촘히 매달려 있었다. 초라하게 변색해 쭈그러든 채로.

*

넷은 동남방앗간에서 만났다. 빈티지한 감성의 와인바였

는데 주인이 화가라서 작가들의 모임이 많았다. 순수미술작가들의 아지트로 유명했다. 거기서 볼까? 하면 가게 이름을 대지 않고도 알아듣는 술집. 한나도 예전엔 이곳을 꽤 즐겨 찾았다.

이제 넷 다 그림을 그리지 않지만 와인 생각이 나면 여기로 왔다.

친구들은 만나자마자 쉬지 않고 수다를 떨었다. 희주의 농담에 태미가 웃음을 터트렸고 와인리스트를 넘기던 수연이 따라 웃었다. 그녀들은 유쾌했고 자연스러웠으며 편안해 보였다. 한나가 보기에 그녀들은 평온해 보였다. 자신을 제외한 모두가 그런 것 같았다. 그 이면을 모르는 건 아니었다. 넷은 스무 살에 대학 동기로 만나 이십 년이 넘는 긴긴 시간 동안 서로의 수많은 사연을 보고 들었다. 그녀들의 이야기라면 먼 기억까지도 필요 없었다. 수연, 그녀는 일 년 전 큰 실수를 했고 모든 걸 잃을 뻔했다. 화가 난 남편이 행패를 부려 직장을 그만두었고 얼마 전까지 오후 여섯 시 이후론 외출이 불가했다. 유방보형물 제거 수술도 받았다. 그녀는 다시 가슴이 납작해졌다. 그리고 희주, 희주는 재혼한 남편이 전남편과 똑같은 짓을 반복한다. 불과 며칠 전에도. 그럼 태미는? 첫째 이후 십 년 만에 찾아온 아기를 사산했다.

가볍게 스파클링으로 시작하자. 한나의 생일도 축하하고.

태미가 말했다.

해피버스데이!

수연이 치즈케이크를 꺼내며 외쳤다.

근사한 델 갈 걸 그랬나?

희주가 초에 불을 붙였다.

생일은 무슨.

한나가 말했다. 생일은 다음 날이라고.

전야제잖아! 태미가 다리를 꼬며 빠르게 말했다. 그런데 있잖아, 난 지난달에 하나뿐인 아들 생일을 깜빡했어.

난 시어머니 생신!

수연이 킬킬댔다.

와인이 아이스바스켓에 담겨 나왔다. 태미가 잔 네 개를 천천히 채웠다. 초에 불이 다 붙자 친구들은 약속이라도 한 것처럼 박수를 치며 일어났다. 그 소리가 실내에 틀어놓은 뉴에이지 연주와 엇박자로 울리도록. 해피버스데이! 바에는 아직 다른 손님이 없었으므로 친구들은 신나게 노래를 부르며 축하와 축복을 건넸다. 태미는 골반을 흔들며 빙글빙글 돌았다. 작년엔 어땠지? 한나는 일 년 전을 돌이켜보았으나 기억나지 않았다. 노래를 마친 친구들이 일제히 숨을 죽이고 한나를 쳐다봤다. 한나는 입바람을 불어 초를 끈 다음 스파클링 와인을 단숨에 들이켰다.

저기, 그러니까.

한나는 무슨 말이라도 해보려고 했다. 아무 말이라도.

하나가 남았잖아.

태미가 손가락으로 초를 가리켰다. 불씨 하나가 위태롭게 되살아났다. 한나가 다시 입바람을 훅 불며 말했다.

오늘 못 들어간댔어.

정말? 배준성이 그러래?

상관없다니까.

한나는 케이크를 네 조각으로 잘랐다. 그리고 그중 한 조각을 접시에 덜었다.

선배 좀 보고 올게.

같이 갈까?

태미가 물었다.

아냐, 할 말도 있고.

특별히 할 말이 있었던 건 아니었다.

그래, 그럼.

태미가 가볍게 대답했다.

동남방앗간의 주인은 남편의 친구이자 한나의 동료였다.

단양을 출발하며 그와 통화했는데 이정대는 이번에는 꼭 얼굴을 보자고 했다. 대체 몇 년을 못 본 거냐고. 전시회를 준비하느라 여념이 없지만 그래도 너는 봐야 하지 않겠냐고, 방앗간으로만 오면 언제든 만날 수 있다고 말했다. 동남방앗간은 지하와 일 층만 와인바로 사용하고 이 층은 그의 미술작업실로 썼다. 그는 뒤늦게 자신만의 세계를 찾아냈다. 예술성과 대중성을 동시에 획득했다. 오래전, 컬렉터들이 남편을 쫓아다닐 때 그는 아무것도 아니었다. 이정대가 한나에게 호감을 보였을 때 그녀는 그를 돈만 많은 바보라고 생각했다. 뜻밖의 일들은 끊임없이 일어났고 한나가 기대하고 짐작했던 것들은 모두 틀렸다.

한나는 이 층으로 올라갔다. 벽마다 걸린 유화 작품에서 오래된 기름 냄새가 났다. 언젠가 한나의 작품도 이곳에 걸렸었다. 동남방앗간이 갤러리였을 때 한나는 여기에서 개인전을 가졌고 작품 한 점을 이정대에게 팔았다. 그 그림이 컬렉터들의 눈에 띄어 중견작가와 협업을 하기도 했지만 그 이상의 좋은 작품은 나오지 않았다. 한나의 그림은 점점 정형화되어 누구의 마음도 흔들지 못했다.

왜였을까.

한나는 마지막 계단 층에 서서 크게 심호흡했다. 그리고 굳게 닫힌 철문을 힘을 주어 당겼다.

*

분명히 기다리겠다고 했는데.

작업실은 어두웠다. 한나는 케이크가 담긴 접시를 탁자에
내려놓고 다시 한번 이정대를 불렀다.

선배?

아무도 없었다. 아래층에서 틀어놓은 재즈음악 소리가 계
단을 타고 올라왔다. 작업실을 살펴보는데 문이 무거운 소리
를 내며 저절로 닫혔다. 작업실은 순식간에 고요해졌다. 한나
는 창가로 다가가 암막 커튼을 걷었다. 주황색 가로등 불빛이
얼굴로 쏟아졌다. 가로등은 창 바로 앞에 있었다. 한나는 선
채로 골목을 내려다봤다. 카페나 식당으로 개조된 주택들이
좁은 골목을 환하게 밝혔다. 불빛들은 따스했고 한나가 사는
세상과는 달라 보였다.

이혼합의조정일은 이틀 뒤 월요일이었다. 집은 급매로 내
놨다. 집이 팔리면 조합에 빚부터 갚고 남은 돈으로는 혼자
지낼 거처를 마련할 것이다. 빚만 없다면 양조장은 한나 없이
도 버틸 수 있을 테니. 양조장에는 남편이 잠을 잘 수 있는 작

은방도 있었다. 아들은 농촌기숙초등학교로 전학시킬 것이고 둘째도 같은 학교에 입학시키기로 마음먹었다. 문제는 등록금이었다. 둘을 기숙학교에 보내려면 매달 백팔십만 원이 필요한데 그건 조합에 갚던 빚보다도 큰 금액이었다. 그중 일부를 남편이 부담하겠지만 장담할 순 없었다. 그는 혼자가 되면 예전으로 돌아갈지도 모른다. 모든 것에 절망한 사람처럼 아무것도 하지 않고 술이나 마시겠지. 우울증까지 재발한다면 나쁜 일이 벌어질 수도 있을 것이다.

한나는 아이들의 얼굴이 떠올랐다. 특히 첫째의. 요즘 큰애가 웃는 모습을 보지 못했다. 비뚤어진 앞니를 드러내며 환하게 웃던 아들이었는데. 둘째는 이제 입학인데 기숙학교에 적응할 수 있을까? 엄마도 없이? 한나는 원점으로 되돌아갔다. 집을 팔지 않고 그곳에서 아이들을 키워야 할까? 감나무와 마당이 있는 안락한 이층집에서? 하지만 그건 불가능했다. 거기선 남편의 도움 없는 양조장이 아닌 다른 일을 구할 수 없을 것이다. 아이들의 하교 시간에 발이 꽁꽁 묶여버릴 테니. 결국엔 이혼하지 못할 테고 한나는 그를 견뎌야 할 것이다. 그와 함께하는 삶은 더는 상상하고 싶지 않았다. 씨발년. 그는 얼마 전부터 한나를 그렇게 불렀다. 한나가 양조장에서 손을 떼겠다고 선언한 순간부터. 씨발년, 그럼 네가 하는 게 대체 뭐냐고.

탁.

스위치 소리가 나며 불이 켜졌다. 조도가 높은 엘이디조명이었다. 한나는 부신 눈을 견디며 뒤를 돌아봤다.

조한나?

여자가 한나에게 다가오며 말했다. 눈이 빛에 적응하자 여자의 얼굴이 보였다. 그녀는,

윤화였다.

와, 이게 대체 얼마 만이야? 윤화는 놀란 척했지만 담담해 보였다. 잘 지내지?

윤화는 말끝을 길게 늘렸는데 일부러 그러는 것 같았다. 한나가 기억하는 말투는 아니었다. 외모는 그대로였다. 작고 마른 몸, 각진 턱과 검은 테 안경까지. 오래전 윤화도 남편처럼 도피하듯 출국했지만 몇 년 뒤 미술계에 혜성처럼 나타났다. 그녀의 귀환은 화려했다. 작품은 신선했고 윤화는 트라우마를 이겨냈다. 그리고 그녀의 명성은 지금도 여전하다.

뭐, 그럭저럭……. 한나는 말끝을 얼버무리며 주위를 둘러봤다. 불이 켜진 작업실은 온통 붉은색이었다. 이정대가 그려놓은 붉은 맨드라미가 사방에 널렸는데 그건 갓 도축한 소의 살점처럼 비릿하게 느껴졌다. 한나가 다시 윤화를 쳐다보며

물었다. 넌?

보, 시, 다, 시, 피. 윤화는 느릿느릿 기타줄을 튕기듯 말했다. 예전에 윤화는 말수가 적고 얼굴이 잘 붉어지는 친구였다. 이제는 아닌 것 같았다. 선배는 잠깐 나갔어. 기다릴래? 윤화가 소파에 앉으며 옆자리를 손으로 두드렸다.

아냐, 나중에 올게.

한나는 나가려고 했다.

앉으라니까?

윤화가 말했다.

앉으라니까?

허공 어딘가에서 다른 목소리가 말했다.

한나는 소리가 나는 쪽으로 고개를 돌렸다. 캔버스 위로 새장이 매달려 있었는데 살찐 앵무새 한 마리가 그 안에서 한나를 쳐다봤다. 새는 맨드라미처럼 붉었다.

인사해, 코발트블루야.

윤화가 깔깔대며 웃었다. 그러고는 소파에 등을 기댔다. 마른 어깨가 더 도드라졌다. 그녀의 몸은 정말 작았다.

친구들이 기다려서 그래.

한나가 말했다.

아아, 생일이라지? 윤화가 덜어온 케이크를 쳐다보며 말했다. 선배가 그러더라고, 너랑 친구들이 온다고. 그녀는 팔짱을 끼더니 눈을 감은 채 말했다. 너희 네 명, 또 모였겠구나? 다들 밑에 있니? 모두 잘 지내지?

안부 전해줄게.

한나가 선 채로 말했다.

내 안부? 윤화가 눈을 크게 뜨며 물었다. 누구한테?

한나는 무슨 말을 해야 할지 몰랐다.

그러니까 누구한테 내 안부를 전하냔 말이야. 난 그러고 싶은 사람이 없거든. 아아, 배준성한테?

너 왜 그래? 한나는 그녀의 변한 모습에 소름이 끼쳤다. 정말 이상해졌구나, 알고 있니?

그러니? 윤화는 거침없이 말했다. 늦었지만 결혼 축하해. 그 사람이 청첩장을 보냈었는데 내가 너무 바빴거든. 아, 잠시만 기다릴래? 그녀는 소파에서 일어나 아까 나왔던 밀실로 들어가더니 지갑을 가져왔다. 거기서 종이 한 장을 꺼내 탁자 위로 던지듯 내려놓았다. 그리고 말했다. 잘 봐.

오래된 폴라로이드 사진이었다. 사진 밑에는 '나의 마지막 전시회'라고 적혀 있었다. 모두가 웃고 있었는데 남편의 전부인만 무표정이었다.

그거 알아? 윤화가 말했다. 넌 정말 최악이야.

미쳤구나, 너.

한나의 목소리가 갈라졌다.

미쳐? 누가?

윤화는 큰 소리로 웃어댔다. 동시에 휴대폰이 요란하게 울렸다. 윤화는 휴대폰 화면을 가볍게 눌렀다. 블루투스 스피커에서 목소리가 터져나왔다.

여보세요?

목소리가 말했다.

웬일이야?

윤화가 등받이에 몸을 기대며 대답했다.

혼자야?

남편 목소리였다.

말해.

윤화의 표정이 부드러워졌다. 시선을 피한 건 한나였다.

올래? 양조장 궁금하다고 했잖아.

아니. 전시가 며칠 안 남았어, 정대 선배랑.

아아, 전시.

서울로 오라니까? 뭐라도 해야 하지 않겠어?

윤화가 담배를 꺼내 불을 붙였다.

안 그래도 헤어질 거야. 지겨워서 더는 못 살겠다.

그래? 남편의 말에 윤화가 비실대며 웃었다. 그렇게 벼르
더니 잘됐네.

한나는 작업실을 나가려고 했다.

앉으라니까?

코발트블루가 말했다.

누구야?

남편이 물었다.

앉으라니까? 앉으라니까?

코발트블루가 반복해서 말하자 윤화가 블루투스를 끄며
말했다.

앉으라고.

전화를 끊은 윤화는 한나가 전혀 몰랐던 사실들을 이야기
해주었다. 길고도 짧은 사연이었다. 남편은 시드니로 도망갔
지만 그곳에 정착하진 않았다. 그는 윤화가 있던 독일로 갔
다. 둘은 일 년을 동거하다 성당에서 약혼식을 올렸다. 그는
매 순간 예민하고 심약했다고 윤화는 말했다. 무슨 일이라도
저지를 것만 같았다고. 전부인의 유서와 사진을 주홍글씨처럼
몸에 지니고 다녔다고. 어느 날 윤화는 그와 집 앞 국립공원
을 산책하다가 '당신의 짐을 덜어주겠다'고 말했다. 이제 그

건 나에게 줘.

그는 유서와 사진이 든 지갑을 순순히 내밀었다.

그런데 말이야, 버릴 수가 없더라고. 윤화는 허공에 담배 연기를 길게 내뿜었다. 윤화의 손가락에서 윤을 잃은 반지가 탁하게 빛났다. 유서의 주인공은 내가 아니었거든. 윤화는 한나에게 강제로 종이 한 장을 쥐여줬다. 여러 번 접힌 에이포 용지였다.

한나는 유서의 내용이 궁금하지 않았다.

읽고 싶지 않았다.

윤화가 한나 대신 유서를 펼쳐서 또박또박 읽어 내려갔다.

왜 전시회에 오지 않았어?

과사무실로 찾아갔다가 당신이 아닌 그 애를 봤어. 조교인 걸 알았으니 만날 걸 기대했는지도 모르지. 솔직히 말하자면 겁을 좀 주려고 했어. 나는 아직 마음의 정리가 되지 않았으니까.

그런데 말이야, 내가 졌어.

당신이 날 지긋지긋해한다는 말에 웃음이 터져서.

우리가 왜 이렇게까지 된 거지?

신이 있다면 물어보고 싶어.

내가 해야 할 게 남아 있는지.

그렇다면 그게 뭔지.

<추신>

전해줄래?

윤화, 널 기억하겠다고.

난 그 여자와 마주친 적이 없어.

윤화가 가라앉은 목소리로 말했다.

한나는 소파에 털썩 주저앉았다. 탁자 위에 있던 담뱃갑에서 담배 한 개비를 꺼내 불을 붙였다. 연기를 잘못 들이켜 기침이 터졌다.

나인 척 뭐라고 지껄인 거야? 지긋지긋? 윤화가 날카로운 목소리로 쉬지 않고 말했다. 아니라곤 하지 마. 과사무실 조교는 너와 나, 단둘뿐이었으니까.

아니야.

한나는 기침이 멈추지 않아서 겨우 대답했다.

아니야? 아니라면 다야?

아니야. 아니야.

코발트블루가 말했다.

조용히 해!

윤화가 윽박질렀다.

앉으라니까? 앉으라니까?

정말 아니야. 한나가 말했다. 그날이 아니라고.

한나는 과사무실에서 그의 전부인과 마주친 적이 없었다.
한나가 항상 되돌아가야만 했던 풍경은 과사무실이 아니라
그녀의 마지막 전시회였다. 기억 속의 그녀는 성공적인 오프
닝으로 들떠 있었는데 사진 속의 그녀는 그렇지 않았다. 그때
한나는 그녀의 마음을 전혀 헤아리지 못했다. 대체 내가 무슨
짓을 한 거지?

*

윤화는 한나를 따라 일 층으로 내려왔다. 그녀는 태연하게
친구들 사이에 끼어 앉았다. 태미는 그런 윤화를 빤히 쳐다보
다 레드와인을 한 병 더 주문했다. 호주를 대표하는 시라즈
로. 태미가 좋아하는 품종이었다.

말벡이 더 낫다니까.

수연이 말했다.

시라즈를 마시니 배준성이 생각나네.

태미가 비아냥대듯 말했다.

시드니에 꽤 오래 계셨지? 오 년인가?

희주가 말했다.

아닌데.

윤화가 와인 잔을 빙빙 돌렸다. 모두 그녀를 쳐다봤다.

모르는구나? 희주가 말했다. 너 독일에 유학 갔을 때 배선생님은 시드니에 계셨어.

정말? 윤화가 두 눈을 둥그렇게 뜨며 한나를 쳐다봤다. 한나는 대답 대신 와인을 한 모금 마셨다. 정말이냐구? 윤화가 피식 웃으며 한나를 다그쳤다.

보자보자 하니까……. 태미가 몸을 앞으로 내밀며 쏘아붙였다. 네가 무슨 상관이야? 선생님이 네 남편이야?

야야, 그만하자. 희주가 말했다. 그러곤 윤화를 쳐다봤다. 솔직히 우린 네가 불편하거든? 오늘은 특별한 날이기도 하고, 자리 좀 비켜줄래?

걱정 마. 윤화가 의자 등받이에 등을 기대며 팔짱을 꼈다. 나도 너희들을 친구라고 생각하지 않으니까. 다만,

다만 뭐?

태미가 목소리를 높였다.

한나랑 못다 한 이야기가 있어서. 윤화가 다리를 바꿔 꼬며 한나를 사납게 쳐다봤다. 안 그래? 윤화가 잔에 남은 술을

다 마셨는데 아무도 그녀의 빈 잔을 채워주지 않았다.

나가자.

한나가 말했다.

윤화는 스스로 잔을 채웠다. 그걸 단숨에 마시더니 다시 술을 따르며 말했다.

참, 이혼한다며?

한나는 자리에서 벌떡 일어섰다. 그리고 윤화의 팔을 잡아 당겼다.

나가자니까.

뭐가 두려운 건데? 윤화가 웃음을 터트렸다. 네가 무슨 짓을 한 건지, 알긴 알아?

무슨 말인진 모르겠지만, 나가서 얘기하자고.

한나는 한 번 더 그녀의 팔을 잡아당겼다.

모른다고? 정말이니?

아니라고. 한나가 소리쳤다. 아니야, 아니라고 했잖아!

친구들이 넋이 나간 듯 둘을 쳐다봤다.

아님 됐고.

윤화가 말했다.

긴 침묵이 지나갔다.

양조장은 어때? 직접 술을 빚는 거야?

윤화가 뜬금없이 물었다.

모두 윤화를 쳐다봤다.

아아, 배준성이 놀러 오라고 하더라고, 구경시켜 준다구.
윤화가 한나에게 잔을 내밀었다. 너도 같이 들었잖아?

그만해.

한나가 말했다.

뭘?

윤화는 팔을 뻗어 자신의 잔을 한나의 잔에 부딪혔다.

부탁이야.

뭘 숨기고 싶은 거야? 배준성이 나한테 전화한 거? 아님
만나달라고 애걸한 거? 내가 싫다고 거절하는 걸 너도 똑똑히
들었잖아?

한나는 친구들의 복잡한 표정을 봤다.

구질구질해.

윤화의 목소리가 환청처럼 울렸다.

무슨 일이야, 이게.

태미가 말했다.

그러게, 이게 대체……

수연이 말했고,

그만해 윤화야.

희주가 말했다.

윤화는 깔깔대며 웃었다.

한나야!

이정대가 허겁지겁 바 안으로 들어왔다. 커다란 상자를 들고 있었는데, 생일 케이크였다.

*

버스는 한나가 타자마자 출발했다. 막차였고 승객은 두 명이었다. 한나는 뒷자리로 들어가다가 아무데나 주저앉았다. 숨을 돌리고 나자 수치심이 몰려왔다. 내가 왜 그랬을까? 대체 왜? 모든 게 이정대 때문이었다. 그는 와인 몇 잔에 기분이 좋아져서 목소리가 높아졌다. 최근 상해에서 전시회를 열었는데 내년 전시 계약까지 마쳤다고, 많은 아시아 작가들에게 감명했다고, 자신도 작업에만 열중하겠노라고 분위기를 띄웠다. 놀랄 건 없었다. 그는 이미 인기 작가였고 여기저기에서 초청받았다.

그래서 말인데, 여길 처분하려고.

이렇게 장사가 잘되는데?

윤화가 테이블을 톡톡 두드리며 말했다.

상관없어, 전원으로 들어갈까 해.

그는 바다보다는 숲이 좋다고 했다. 그것도 아주아주 울창한 숲.

숲?

한나는 귀가 번쩍 뜨였다. 한나네 집은 해발 700미터 숲속이었다. 후박나무 군락 한가운데였고 가끔은 구름이 발밑으로 지나갔다.

좋은 데를 알아?

이정대가 화색을 띠며 물었다.

적당한 델 알아. 한나는 남은 와인을 마저 마시고 잔을 채우려 했다. 그가 얼른 병을 빼앗아 따라주었다. 그런데 서울에서 좀 멀어.

우선 말해봐.

그가 눈을 반짝 빛냈다.

우리 집을 내놨어. 구인사 스님들이 골라줬던 명당이야.

난 천주교 신잔데. 이정대가 가볍게 웃었다. 거기가 어디랬지?

충청북도 단양. 한나의 목소리에 자신이 없어졌다. 산을 따라 올라가면 마지막 집이야.

끝내주는 집이에요. 태미가 말했다. 태미는 아들의 방학

때마다 한나네 산장에서 삼사일 정도 묵었다. 세상 어딜 가도 그만한 풍경은 드물거든요.

글쎄……. 멀긴 한데. 그는 몸을 뒤로 젖히며 팔짱을 꼈다. 사진이라도 볼 수 있을까?

얼만데?

윤화가 무심한 목소리로 물었다.

인스타에 계절마다 사진을 올려뒀어, 보여줄게.

한나는 휴대폰을 꺼냈다.

얼마냐니까?

윤화가 다시 물었다.

네가 무슨 상관이야?

태미가 쏘아붙였다.

아니에요, 저도 얼만지는 알아야죠. 그가 태미를 보며 부드럽게 미소 지었다. 그런데, 그렇게 좋은 곳이라면 탐내는 사람이 많지 않아?

꼭 그렇진 않아. 한나가 휴대폰에 눈을 박은 채 말했다. 가장 근사한 사진을 찾아야 했다. 여기, 볼래?

건너편에 앉았던 그가 잔을 들고 일어나 한나 옆으로 왔다.

와, 눈이네. 컨테이너하우스야?

아니, 모듈러하우스. 공들여 지은 집이야. 한나는 그의 표정에 비쳐 드는 실망을 보았다. 단열도 잘되고 마당에 우물도 팠어. 뒤에 대지도 우리 땅이야. 봐, 넓지?

몇 평이야? 작업실로는 좀 부족해 보이는데.

그가 고개를 갸웃댔다.

백육십 평이야.

아니아니, 집 말이야.

일 층은 십팔 평, 이 층은 십육 평이야. 더 올라가면 밭도 있어. 한나는 말이 빨라졌다. 포치는 우리가 직접 만들었고. 한나는 포치가 찍힌 사진을 그에게 내밀었다. 이건 겨울 사진인데, 꽃이 핀 사진을 보여줄게.

그러니까 얼마냐고.

윤화가 코웃음을 쳤다.

그래, 얼마야?

그게……. 한나는 몇 초 정도 망설였다. 급매로 삼억에 내놨지만 그는 부자였다. 사억을 생각하고 있는데, 선배가 산다면 깎아줄 수도 있어. 아니, 깎아줄게.

친구들이 동시에 한나를 쳐다봤다. 모두 놀란 표정이었다. 그녀들은 산장을 지었을 때의 사정을 잘 알았다. 한나는 인테리어업자를 잘못 만나 예정보다 많은 돈을 썼고 일억 원을 결제했다. 대지는 오천만 원에 샀다. 한창 잘나갈 때 산 삼십이

평짜리 아파트를 판 돈으로. 집을 짓는 동안 한나네 가족은 일본으로 싱가폴로 홍콩으로 여행을 다녔다. 돈은 금방 바닥 났다. 사실 산속의 집 따위엔 아무도 관심 없었다. 윤화가 한나의 휴대폰을 채갔다. 그러곤 인스타에 올린 사진을 확인한 뒤 웃음을 터트렸다.

와우, 배준성이 드디어 꿈을 이뤘구나? 그림 같은 집을 짓자고 노래를 부르더니! 윤화는 깔깔대며 잔을 높이 치켜들었다. 우리 다 같이 축배라도 들까?

버스 실내등이 꺼졌다. 차는 텅텅 빈 고속도로를 빠르게 달렸다. 한나는 어둠 한가운데 앉아 지난 몇 시간을 털어내려 노력했다. 이정대는 윤화의 노골적인 조롱을 말리지 않았다. 한나의 산장은 고려 대상이 아니라는 듯 입을 꾹 다물었고. 한나는 다른 볼일이 생긴 것처럼 급하게 술자리를 정리했다.

그림 같은 집이라니.

핸드백 안에서 휴대폰이 번쩍댔다. 아마도 친구들일 테고 그중에서도 희주의 글이 가장 많을 것이다. 한나는 가방에서 휴대폰을 꺼냈다. 동시에 작은 종이 한 장이 바닥으로 떨어졌는데, 폴라로이드 사진이었다. 이정대가 직원을 불러 찍어준 거였다. 기억해둬야지, 남는 건 사진뿐이니까. 그는 그렇게 말했다. 한나는 사진을 주워 들었다. 케이크 위엔 촛불이 화려하게 불타올랐다. 하지만 사진 속 사람들은 전혀 즐거워 보이지 않았다. 생일의 주인공조차도. 기억해두자고? 한나는 그의 말을 곱씹어보았다. 그러자 많은 장면이 주마등처럼 지나갔다. 한나가 기억하기에는 너무 많은 날들이었다.

향기롭고 쌉쌀한

산장까지의 거리는 190킬로미터 정도였다. 몇 개의 언덕과 구불대는 산길까지 오르려면 세 시간은 잡아야 했다. 여섯 살 아들은 들떠서 말을 멈추지 않았다. 아이의 높은 톤 목소리와 오디오에서 반복되는 동요가 섞여 차 안은 공기마저 어찔했다. 삼 번, 삼 번. 아들은 특히 삼 번 트랙을 고집했고 같은 노래를 계속 듣는다는 게 쉬운 일은 아니었지만 한민성은 마음이 너그러워졌다. 트렁크에 넉넉하게 실어둔 치즈와 소시지, 냉장육을 생각했다. 바닷가 소도시에서 부모님이 보내온 총알오징어도 아이스박스에 담았다. 산속 가득 퍼지는 구수한 냄새를 상상하자 한민성은 벌써부터 위로를 받는 기분이었다. 아들 옆에 앉은 아내는 미지근한 표정이었다. 날씨는 맑지도 흐리지도 않았다. 안개가 보일 듯 말 듯 낮게 깔려 차창 밖은 볼수록 비현실적이었다. 한민성은 가속페달을 더 세게 밟았다.

아들이 잠들자 한민성은 오디오를 껐다. 차 안은 순식간에 고요해졌다.

홍화용 말이야, 아내가 날 선 목소리로 말했다. 지난주에 산장에 다녀갔대.

한민성은 자신감이 넘치다 못해 건방졌던 홍화용의 표정을 떠올렸다.

왜?

그 속을 어떻게 알아?

얼마 전 홍화용은 화가 나서 집 안의 보이는 모든 물건을 때려 부쉈다. 망치로 벽을 찍어서 허물었다. 경찰차가 두 번이나 출동했고 이웃들에게 흉흉한 소문이 돌았다. 홍화용의 아내인 수연은 좋은 조건으로 이직한 회사를 그만뒀다. 홍화용이 회사까지 찾아와 바람피운 놈이 누구냐고 망신을 줬기 때문이다.

그렇지, 모르지.

한민성은 차로를 바꿔 더 속도를 냈다.

한나가 해준 밥을 잘 먹더래.

한나는 산장 주인이고 아내와 수연의 친구였다. 셋은 피를 나눈 자매보다도 가까웠다.

술만 마신다고 하지 않았어?

거기선 밥 먹고 잠만 잤대.

아내는 그 이상은 홍화용에 대해 말하지 않았다. 한민성도 묻지 않았다. 증거가 없었기 때문에 홍화용은 부인의 외도를 더는 추궁하지 못했다. 수연의 휴대폰은 이미 한강에 잠겼고 그녀를 비롯해 모두가 입을 닫았다. 그렇다고 의심마저 끝난 것은 아닐 것이다. 그는 잠시 상처를 덮어놓았을 뿐이다. 손상된 자존심. 홍화용이 언제 다시 그걸 끄집어내 발톱을 드러낼지……. 얼마나 화가 났을까? 세상과 인생에 대해 그토록 자신만만했는데. 그는 룸미러로 아내를 쳐다보았다. 아내는 한참 창밖을 내다보더니 잠이 들었다.

까톡. 티맵 위로 카카오톡 메시지가 떠오르고 사라졌다.

바빠?

차윤선이었다. 그녀는 지난달부터 과감해졌다. 주말과 늦은 밤에도 카톡을 보내 한민성을 놀라게 했다. 그녀는 네 살이나 연상이고 카리스마가 대단했다. 그녀 앞에서 한민성은 한없이 작아졌다. 아내만큼 무서운 여자. 거짓말은 거짓말을 낳았고 이번 주말에는 지방 출장이 잡혔다고 둘러댔다.

이 대리랑 있어.

전화 줄래?

운전 중. 곧 휴게소에 도착…….

그녀에게 답을 보내던 한민성은 룸미러를 확인하다 아내
와 눈이 마주쳤다.

뭐 해?

아내의 눈빛은 낯설고 서늘했다. 한민성은 허둥대며 카카
오톡 대화창을 껐다.

안 잤어?

뭐 하냐니까.

아무것도 아냐.

죽고 싶어? 아내가 차가운 목소리로 말했다. 고속도로에서
뭐 하는 짓이야.

그게 아니라 이 대리가…….

아내는 한민성의 대답을 듣지도 않고 다시 눈을 감았다.
한민성은 서둘러 휴대폰을 무음모드로 바꿨다. 그리고 뻑뻑해
진 눈을 비비며 차 속도를 올렸다. 뜨거운 히터 바람이 끊임
없이 쏟아졌다. 한민성은 한나네 산장을 떠올렸다. 그곳은 차
갑고 건조한 숲속이었다. 깊고 깊은, 해발 700미터의 후박나
무 군락 한가운데. 겨우 일박일 뿐이지만 쾌적하고 즐거운 여

정이 되었으면 했다. 그게 이번 여행의 목적이니까. 지난주에 다녀갔다는 홍화용이 걸리긴 하지만 사실 그의 사정 따위야 한민성이 알 바는 아니었다. 한민성은 생각했다. 우리는 그들과 달라, 다르고말고. 요즘 아내의 신경이 날카로워졌는데 이번 여행으로 나아지길 바랐다. 아내는 맥주를 좋아하고 한나네 산장엔 특별한 술이 넘쳐난다. 한나네 부부는 직접 술을 빚었다. 한민성은 아내가 한나에게 받아오던 진한 맥주 맛을 떠올리며 긴장을 풀었다. 술이 가득한 산장에서의 밤이라니. 짧은 밤이 될 것이다. 티맵 위로 카톡 알림이 몇 번 더 떠오르다 사라졌다.

*

몇 개의 언덕을 넘은 뒤 강을 낀 도로를 달리고 달렸다. 강은 지루할 만큼 길었다. 구인사라고 적힌 이정표가 나오자 한민성은 방향을 오른쪽으로 틀었다. 산장으로 가기 위한 본격적인 오르막길이었다. 울울한 숲엔 깊은 그늘이 드리워졌다.

이런.

한민성은 기어를 수동으로 바꿨다. 도로가 질퍽했다. 누군가 뿌려놓은 흙과 녹기 시작한 눈이 섞인 탓이었다. 간간이

블랙아이스도 보였다. 스노우체인을 준비하지 않은 것을 후회하며 한민성은 기듯이 비탈을 탔다. 바퀴가 두어 번 헛돌았지만 미끄러지진 않았다. 온몸에 힘을 주었더니 땀이 비 오듯 흘렀다. 길목마다 등허리에 삽이 꽂힌 모래더미가 쌓여 있었다. 경사는 갈수록 가팔라졌고 중턱쯤 올라서니 길이 말끔해졌다. 한민성은 한숨을 돌린 뒤 외투를 벗고 남은 길을 마저 올랐다.

산장 주변은 온통 새하얬다. 야외테라스를 둘러친 방한용 비닐 위에도 눈이 쌓여 있었다. 산장은 두 층이었고 차고는 따로 없었다. 주차하고 나니 아내가 잠에서 깼다. 한나의 남편이 그들 쪽으로 천천히 걸어오는 게 보였다. 한민성은 서둘러 차에서 내렸다.

오는 데 힘들진 않았고?

그는 전보다 더 늙어 보였다. 머리카락은 완전한 은발이 되었다. 한민성보다 열 살이 많긴 했지만 이제 쉰두 살이었다.

힘들긴요. 그런데 저 밑에, 길이 아주 미끄럽네요.

그래도 산 중턱까진 내가 관리해서 다닐만한데. 그가 흘러내린 머리카락을 뒤로 넘기며 말했다. 올라올수록 깨끗하지 않았나?

어쩐지 도로가 점점 환해지던걸요. 한민성이 너털웃음을

터트렸다. 보통 일이 아니었을 텐데, 힘드셨겠어요.

추운데, 어서 들어가지.

여보, 여보?

한민성이 아들을 깨우고 있을 아내를 불렀다.

인사는 천천히. 난 애들부터 데려올게. 운동장에 썰매를 타러 갔거든.

그가 한민성의 어깨를 툭툭 치며 말했다.

한민성은 붉은 지프에 올라타는 그의 가느다란 다리를 바라봤다. 몇 킬로그램 이상 빠진 게 분명했다. 한민성이 트렁크를 열어 짐을 내리는데 지프가 커브를 돌다 멈춰섰다. 그가 차창을 내리고 물었다.

얼음낚시 좋아하나?

한민성이 아이스박스를 꺼내다 엉거주춤 뒤돌았다.

얼음낚시요? 그럼요, 당연히 좋아합니다.

굿. 이따 보세.

지프 지붕이 내리막길로 사라질 때 아내와 아들이 차 문을 열고 나왔다. 눈을 본 아들은 탄성을 질렀다. 살이 찌고 다리가 짧은 개 한 마리가 갑자기 튀어나왔다. 웰시코기 종이었다. 개 줄은 없었다.

삼봉이? 니가 바로 그 삼봉이구나!

아내는 반갑다는 듯 개의 머리를 쓰다듬었다. 녀석은 한나의 이웃집 개였다. 삼봉이는 그들을 따라오며 짖었다. 경계심은 느껴지지 않았다. 꼬리를 잘라 뿌리만 뭉뚝했으므로 꼬리보단 엉덩이를 흔드는 것처럼 보였다.

한나가 현관문을 열고 얼굴을 내밀었다.

한나가 산장에 정착하게 된 건 첫째 때문이었다. 아들을 대도시에서 농촌기숙학교로 역유학 보냈다가 그 근방에 산장을 짓게 되었고 살림살이를 조금씩 들이다 지난해 귀촌했다. 순수미술을 전공한 그녀는 지역학교 방과 후 미술특기강사로 취업했다. 한나의 남편은 얼마 전부터 산을 돌보는 산지기가 되었다. 구역을 나누어 매일 순찰했다. 건조한 겨울은 비상이었다. 조그만 불씨라도 주의를 기울여야 했다.

산불이 나면 너희 책임이야?

아내가 해바라기 씨를 씹으며 말했다.

주방에선 이십대가 부르는 레트로스타일 가요가 배경음처럼 흘렀다. 한나가 옥수수전을 하나씩 뒤집으며 되물었다.

너희 아파트에 불이 나면 누구 책임인데?

최초의 원인 제공자겠지.

산불은 재난일 뿐이야, 일부러 불을 지르는 사람은 없다고.

그건 아파트도 마찬가지죠. 한나의 말에 한민성이 끼어들었다. 그러니까 제 말은 일부러 불을 지르는 사람은 없다고요. 한 번은 앞 동에 김치냉장고가 누전되어 폭발했죠.

그 불씨 제공자가 사람일 때가 더 많지, 담배를 함부로 버리잖아?

아내가 질책하듯 한민성을 쳐다봤다.

여긴 불이 번지면 답이 없어요. 도망갈 데도 없고, 특히 밤엔.

한나가 끔찍하다는 표정을 지었다.

그나저나 정말 궁금해지는데요. 아파트에 불이 났는데 강풍이 불어서 윗집 옆집 또 그 윗집까지 계속해서 번진다면, 끝도 없이 그렇게요. 그럼 그 모든 책임은 어떻게 되는 거죠?

재난이네, 재난. 그런데 둘 중 어떤 게 더 재난일까, 도시일까 자연일까?

여긴 수많은 동식물이 살고 있어. 다람쥐며 여우며 멧돼지며……. 한나가 노릇하게 구워진 옥수수전을 접시에 담아내며 말했다. 참, 술은?

맥주로 주십시오.

라거? 에일?

에일로 할까요? 전에 보내주신 오트밀 에일 정말 감동이었거든요.

맥주 맛을 상상하는 한민성의 얼굴에 화색이 돌았다.

나도 에일로 줘. 정말 정말 차가운 걸로. 아내가 말했다. 근데, 여유가 있어? 사라졌다며?

모르지, 불이 나면 진짜 멸종되어버릴지도.

한나는 부엌 옆 작은방에서 술을 꺼내왔다. 그곳은 작은 제조공장 같았다. 술 전용 냉장고와 효모발효 기계가 있었다. 발효 기계는 한나의 남편이 직접 만든 것이다. 바닥엔 탁구공 처럼 둥그렇게 만 누룩들이 커다란 소쿠리에 쌓여 있었다. 부부는 부엌의 십 인용 식탁에 앉아 한나가 따라주는 맥주를 경이롭게 바라보았다. 한나는 술에 대해 간단히 설명했다. 첫 잔은 여섯 달 동안 숙성된 페일에일이었다. 특별히 오렌지껍질을 많이 갈아 넣었다고. 에일은 제조법에 따라 다양한 맛을 낼 수 있고 과정을 알고 마시는 술은 더 맛있기 마련이다. 향기롭고 쌉쌀한 에일 한 잔을 막 비웠을 때 한나의 남편이 문을 열고 들어왔다.

눈이 오겠어.

또?

한나가 아내에게 두 번째 잔을 채워주며 창밖을 내다보았다. 거품이 잔 밖으로 조금 넘쳐흘렀다. 한나의 두 아이가 차가운 바람을 몰며 안으로 뛰어들었다. 둘이 한데 엉켜 구르는 것 같았다. 녀석들의 볼이 잘 익은 사과처럼 빨갰다. 문이 열리자 부엌은 금세 서늘해졌다. 한나의 남편이 뒤돌아 문을 닫으며 중얼댔다. 또 눈이라니. 한민성의 아들은 형을 따라 이층으로 올라갔다. 아들과 동갑인 한나의 딸도 사라졌다. 위층엔 널따란 거실과 티브이가 있었다. 최신형 플레이스테이션도.

동생들한테 재밌는 거 틀어줘.

한나의 남편이 큰아들에게 소리쳤다.

폭설은 아니겠죠?

한나가 남편에게 물었다.

글쎄, 모르지.

눈이 많이 오면 곤란한데. 여긴 눈이 오면 봄까지 녹질 않아.

한나가 아내를 쳐다보며 말했다.

길이 얼까요?

한민성은 좀전의 미끄러웠던 길을 떠올렸다.

밑엔 그럴지도 몰라요. 어쨌거나 치워야 해요. 종일을 퍼내도 부족하죠.

한나가 한숨을 쉬자 한나의 남편이 한민성을 보며 말했다.

자네, 내일 아침엔 일찍 일어나서 눈부터 치우자고. 모래도 뿌리고 말이야.

여보, 핸드폰이 계속 번쩍거리는데?

아내가 에일을 쭉 들이키며 말했다.

단톡이겠지, 뭐.

한민성은 메시지를 확인하지도 않고 휴대폰 전원끄기 버튼을 눌렀다. 아내의 시선이 한민성의 손끝에 조금 더 머물렀다. 휴대폰이 꺼지기 직전에 차윤선의 톡이 검은 화면 위로 떠올랐다.

전화 줘.

난로가 식탁 옆에서 뜨겁게 타올랐다. 한민성은 아들이 반쯤 베어 먹은 옥수수전을 입에 넣고 씹었다. 아내도 전 하나를 집었다.

이거 정말 맛있다, 한나야.

삼봉이가 현관 밖에서 짖었다.

쟤 이제 여기가 자기 집인 줄 안다니까.

한나가 웃으며 말했다.

누가?

삼봉이 말이야. 저렇게 짖어대잖아, 누가 왔다고.

설마 개가 주인을 바꿀까.

두 집 살림인 거지, 그러니까 내가 쟤 세컨드쯤 될 거야.

여긴 작은집인 셈이고.

어쨌길래?

아내가 깔깔댔다.

그냥 절대적인 환대. 또 우리가 삼겹살을 자주 먹는데 삼
봉이가 제일 좋아하는 게 삼겹살이거든.

*

강 곳곳에 뚫어놓았던 얼음구멍이 얼어서 다시 막혀 있었
다. 그 위로 눈이 쌓였기 때문에 구멍을 찾으려면 긴 막대기
로 파헤쳐봐야만 했다.

여기야, 여기. 얼른 오게.

한나의 남편이 막대기를 흔들며 소리쳤다. 한민성은 커다
란 후박나무 아래에서 통화중이었다.

네, 형님, 곧 가겠습니다!

한민성이 소리쳤다.

형님? 차윤선이 날카로운 목소리로 물었다. 이 대리가 아
니라?

온 김에 형님을 만났거든. 아주 오랜만에.

자기한테 형님이 있었나?

형님? 엄청 많지.

어쨌거나 일박할 이유가 없잖아?

그게 그러니까…….

차가운 바람이 살을 파고들었다.

유성우가 쏟아진다고, 오늘 밤!

그렇지, 유성우. 어쩌지?

차윤선은 사내 천체관측 동호회에서 만났다. 낙엽이 눈처럼 쌓이던 가을, 천체투영관에서 그녀는 한민성 옆에 앉았다. 거대한 돔 상영관에서 둘은 서로의 별자리를 바라보다 마음이 흔들렸다. 그들은 눈앞에 펼쳐진 무수한 별 중 하나일 뿐이었고 무용할 만큼 사소하다는 생각이 그를 대범하게 만들었다.

올 거지?

그녀가 차가워진 목소리로 물었다. 얼음 위는 정말 추웠다.

미안해서 어쩌지?

한민성은 한나의 남편이 얼음구멍을 내리치는 걸 바라보았다.

오든지 말든지 맘대로 해!

그녀는 일방적으로 전화를 끊었다. 통화가 끊어지자 강가는 비현실적으로 고요해졌다. 차윤선의 마지막 말이 귓가를 맴돌았다. 맘대로 해. 맘대로 해……. 얼음 깨지는 소리가 리드미컬하게 대기를 울렸다. 한민성은 차윤선에게 미안하다는 짧은 톡을 남기고 얼음구멍 쪽으로 빠르게 걸었다. 한나의 남편이 한민성에게 얼음끌 하나를 던져주었다.

거기, 내가 표시해둔 곳이 얼음구멍이네. 이렇게, 이렇게, 내리치라고. 넓게 팔 필요는 없어.

이렇게 말이죠?

한민성은 열심히 얼음을 깼다. 빙판은 두껍고 단단했다.

홍화용 말이야, 한나의 남편이 말했다. 며칠 전에 다녀갔는데…….

바람이 불기 시작했다.

들었습니다. 홍화용은 괜찮아 보이던가요?

홍화용? 홍화용이 문제가 아니라 수연이 굉장히 힘들어 보이더라고.

수연씨가요?

홍화용이 과한 부분이 있잖나.

한나의 남편이 바닥을 툭툭 차더니 캠핑용 의자를 펴서 앉았다.

네, 과한 부분이요…….

한민성은 놀랐다. 형님은 사실을 전혀 모르고 있나? 그럴

리가?

자네는 그런 생각을 안 했나 보지?

잘나가니까요. 맞습니다, 솔직히 뭐, 과한 부분이 있죠.

수연이니까 살겠지만 힘들 거야, 그 아이도.

자존심이 상해서 더 그렇겠죠. 원인을 제공했잖아요.

누가? 홍화용이?

뭐…… 그렇잖아요. 누가 더 잘못했냐 결국은 그 문제죠.

그렇지, 이런 말 하면 뭣하지만 그 자식은…… 그게 문제지.

애들은 괜찮던가요?

일주일 동안 술만 퍼마시다 왔다더군. 홍화용 얼굴이 완전
히 썩었어. 죽은 나무 같더라고. 그래도 집사람이 해주는 밥
을 잘 먹고 갔네. 한나에겐 그런 능력이 있지. 암, 있고말고.
한나의 남편은 연신 고개를 주억거리며 말했다. 그런데 말이
야. 홍화용이 새벽에 잠깐 소리를 지르는데…… 잠꼬댄데도
서늘했어.

그러니까, 애들은요?

애들이야 뭐, 하도 뛰어다녀 혼이 쏙 빠질 뻔했지. 그런
데……. 한나의 남편이 빙판 위에 가래를 탁하고 뱉었다. 수
연이 얼굴에 멍 자국이 있더라고. 허, 참.

빙판이 뚫리며 얼음끌이 물속으로 쑥 빠졌다. 끌 끝에 잡

144

어 한 마리가 꽂혀 나왔다. 놈은 온몸을 푸드덕대며 발광했다. 붕어처럼 생겼는데 비늘이 없었다. 한민성은 잡어를 뽑아내어 다시 물속으로 던져 넣었다. 급할 건 없었다. 한민성은 구멍의 반경을 넓히며 물에 뜬 얼음 조각들을 뜰채로 건져냈다. 한동안 둘은 고패질만 했다.

그런데,

한나의 남편이 정적을 깼다.

네, 형님.

애인인가?

네?

한민성은 당황했다.

놀랄 것 없어. 그저 사실을 묻는 거니까 말이야.

애인이라뇨, 누구?

여기 자네밖에 더 있나?

그러니까 무슨 말씀이신지…….

나도 잘나갈 때가 있었지. 정말 잘나갔다고. 하지만 여긴 노인들뿐이야.

한민성의 주머니에서 카톡 알림 소리가 났다.

난 신경쓰지 말게.

한나의 남편이 무심히 말했다.

네?

신경 안 써도 된다는 말이야.

한나의 남편이 낚싯대를 빠르게 당겼다. 낚싯줄 끝에서 커다란 송어가 펄떡였다. 아가미가 루어에 걸려 벌어진 채로. 구름을 뚫고 나온 햇살이 눈을 찔렀다. 한민성은 주머니에 손을 넣어 휴대폰을 만지작거렸다. 차윤선은 아닐 것이다. 그녀는 화를 낸 뒤엔 먼저 연락하지 않는다.

그런 거 아닙니다, 형님.

한나의 남편이 한민성을 쳐다보며 송어를 플라스틱 바구니에 던져넣었다.

그래? 수연이도 그런 게 아니라고 하더군.

그러더니 연극배우처럼 껄껄 웃었다.

*

작년 여름휴가에는 산장에 세 식구가 모였다. 아내의 친구 가족들. 부부동반으로 식사한 적은 있어도 함께 지낸 건 처음이었는데 우려와는 달리 좋은 시간을 보냈다. 삼 일 내내 홍화용이 분위기를 주도했다. 거만한 태도만 눈감아주면 한민성은 오히려 그런 사람이 편했다. 저절로 굴러가는 바퀴처럼 모든 게 수월해졌으니까. 아내와 아들은 무척 행복해 보였다. 형님의 생각도 비슷할 거라 여겼는데 아니었다. 마지막 날 밤 한나의 남편은 홍화용에게 큰 소리를 냈다.

뭐가 그렇게 쉬워?

갑자기 왜 그러세요?

신나서 떠들던 홍화용은 많이 당황한 것 같았다.

갑자기? 내가 며칠을 참았는데?

참아요? 뭘요?

에이, 씨팔.

한나의 남편이 벌떡 일어나자 의자가 넘어지며 요란한 소리를 냈다.

이상하시네, 진짜.

홍화용도 벌떡 일어났다. 또 의자가 넘어졌다.

늦었어요, 들어가서 자요.

한나가 남편을 말리며 방으로 데려갔다. 한나의 남편은 아내에게 끌려가면서도 소리를 질렀다. 다들 정신 차리라고.

이상하게도 한민성은 그 말의 여운이 오래 남았다. 정신이 바짝 들었다.

그래, 정신 차리자. 호랑이에게 물려가도……. 한민성은 휴대폰을 만지작거렸다. 차윤선이 계속 마음에 걸렸다. 그녀는 약속을 중요하게 생각하고 쉽게 화를 풀지 않는다. 내일 밤에라도 가봐야 할까? 아니지, 그녀는 자신의 공간에 갑자기 들이닥치는 걸 싫어한다.

정신 차려. 아내가 말했다. 왜 넋이 나갔어?

응?

피곤하면 들어가서 누워요.

한나가 알루미늄 포일로 송어를 둘둘 말며 말했다. 모두 일곱 마리였다. 두 놈은 컸고 다섯 놈은 작았다.

벌써 피곤하면 안 되지. 한나의 남편이 병을 흔들며 말했다. 이게 아까 말했던 탁주야, 10도짜리 말일세. 그제 병입했어.

가라앉은 누룩이 섞여 탁주는 우윳빛이 되었다.

독한 편이군요? 요즘 유행하는 막걸리는 5도더라구요.

한민성이 말했다.

그런 아스파탐 덩어리는 머리만 아프게 할 뿐이지. 그건 설탕도 아니고 화학첨가물이라고. 그 단 걸 대체 어떻게 마셨나? 여긴 아무것도 넣지 않았어, 아무것도. 천연 감미료조차도 말이야. 그러니까 그야말로 순결한 레시피라 할 수 있지. 10도짜리, 이게 제일 맛이 좋아. 생선구이와도 안성맞춤이고. 원하면 원주도 맛보게 해주겠네.

원주요?

그래, 이건 가수(加水)한 거고 원주 말이야 원주.

원주라니 대단한데요, 그건 대체 몇 돕니까?

15도 정도야, 이번 건.

여보, 우선 이것부터요.

한나가 남편에게 싸리 채반을 내밀었다. 채반 안에는 송어 말고도 알루미늄 포일에 싼 냉동 옥수수와 고구마, 소시지가 가득했다. 한나의 남편은 탁주를 내려놓고 밖으로 나갔다. 한민성도 슬리퍼를 꿰차며 따라나섰다. 서두르다 하마터면 현관 앞에 누운 삼봉이를 밟을 뻔했다. 놀란 건 한민성뿐이었다.

어이, 저리 가. 삼봉이는 꿈쩍도 하지 않았다. 저리로 가라니까!

송곳니를 드러낼 줄 알았던 삼봉이는 천천히 일어나 바로 옆으로 자리를 옮겼다. 안에서 한나의 목소리가 들렸다.

원래 거기가 걔 자리예요.

삼봉이가 한민성을 쳐다보며 뭉툭한 꼬리를 흔들었다.

정신 차리라고, 씨팔. 형님의 목소리가 들리는 것 같았다.

그래서, 진짜 헤어지기라도 하겠다는 거야?

아내가 말했다. 아니, 한나인가? 목소리가 작아서 누구인지 구분할 수 없었다. 한민성은 테라스 입구를 막은 방한용 비닐을 걷었다. 찬 바람이 얼굴을 후려쳤다. 한나의 남편이 그릴 가운데에 송어를 올려놓고 있었다. 그 주위로 둥그렇게 옥수수와 고구마를 깔았다. 사위가 푸르스름하게 바뀌었다. 산은 해가 일찍 졌다.

한민성의 아들은 구운 소시지와 옥수수를 허겁지겁 먹었다.

라면 먹어도 돼요?

한나의 아들이 물었다. 길쭉한 팔다리에 비해 배가 많이 나와서 실내복이 꽉 꼈다.

안 그래도 새로 나온 게 있어서 사다 놨지.

한나가 대답했다.

맛있는 게 이렇게 많은데?

한민성이 말했다. 한나의 아들이 생선 가시로 어수선한 식탁 위를 물끄러미 쳐다봤다. 아무런 표정도 없었다.

놔두게, 먹고 싶은 걸 먹어야지.

나도, 나도.

한나의 딸이 오빠에게 말했다.

난 라면 싫어.

한민성의 아들이 구운 고구마 껍질을 까며 중얼댔다.

한나의 아들은 다용도실에서 라면 두 개를 가져왔다. 싱크

대 밑에서 냄비를 꺼내는 모습이 주부처럼 능숙해 보였다. 녀석은 신중하게 물의 양을 조절한 다음 냄비를 인덕션에 올렸다. 물은 금방 끓었다. 한민성은 모든 게 마땅찮았다. 이곳이 전혀 즐겁지 않았다. 차윤선이 전화를 일방적으로 끊던 순간부터, 아니 형님이 애인 운운하며 껄껄대던 순간부터. 애인이냐고? 그게 그렇게 아무렇지도 않게 물을 말은 아니잖아? 타이머가 요란한 소리를 냈다. 한나는 찜통을 올려둔 불을 껐다. 둥그런 접시에 방사형으로 담은 총알오징어는 터질 것처럼 탱탱했다. 접시 가운데에는 세 가지 색의 파프리카를 얇게 썰어놓았다. 한나는 그 위에 검은깨를 뿌렸다. 아내는 인스타에 올릴 사진을 찍었다. 사진은 실물보다 근사했다. 남은 것도 다 찔게요, 라며 한나는 해동한 총알오징어를 마저 찜통에 넣었다. 여기저기 놓인 휴대폰에서 동시에 재난경보음이 울렸다. 건조경보였다.

이러다가 정말 멸종되고 말겠어.

형님의 볼이 불그죽죽했다.

네?

한민성은 딴생각을 하느라 이야기의 맥락을 놓쳐버렸다.

이 새끼 오징어 말이야. 자라기도 전에 인간들이 모조리 잡아먹어버리니까. 혹시 이거 불법 아닌가? 아, 근데 정말 고소하네, 고소해. 대단한 맛이야. 어떻게 오징어에서 대게 맛이 날까?

한나의 남편이 한 마리를 더 입에 넣었다.

규제가 점점 강화되겠죠. 불법은 아닙니다, 아직.

자네가 잘 모르는 것은 아니고?

한민성은 기분이 상했다. 그의 말의 뉘앙스가 묘했기 때문이다.

자세히는 모르지만, 어쨌든 불법은 아닐 겁니다.

그러니까 말이야, 자네가 잘 모르고 있는 건 아니냔 말이지.

모르는 건 당신이야, 바로 당신이라고! 한민성은 대답을 속으로 삼켰다. 식사를 마친 아이들은 모두 위층으로 올라갔다. 아내는 이 층을 여러 번 오갔다. 아이들은 게임과 애니메이션이 지겨워지면 소리를 지르며 계단을 구르듯 오르내렸다. 꽤 많은 시간이 조용히 흘렀다. 그 사이를 메운 건 레트로스타일 인디밴드 노래였다. 음색이 비슷비슷해서 같은 노래를 반복 재생하는 것처럼 들렸다. 그녀들은 이런 노래를 즐겼다. 그가 좋아하는 풍은 전혀 아니었다. 한나와 아내는 휴대폰에 몰두했다. 한 번씩 손가락을 바쁘게 움직였다. 한나의 남편은 가만히 그녀들을 응시했다. 입꼬리에만 미소를 띤 채. 차가운 표정이었다. 한민성은 며칠 전 그런 표정을 본 적이 있었다.

그때 한민성은 축구 경기를 시청하다 아내와 눈이 마주쳤는데 아내는 쭉 그를 쳐다보고 있던 것 같았다. 이유도 모른 채 등골이 오싹해져서 한민성은 티브이를 끄고 물었다.

할 말 있어?

당신은?

아내가 되받아쳤다.

나야 뭐…….

홍화용이 얌전해졌대.

어떻했길래?

수연이 헤어지자고 했대, 도저히 못 살겠다고.

정신 차렸네.

누가?

홍화용 말이야.

한민성은 그날 아내의 표정을 떠올리며 탁주를 쭉 들이켰다.

홍화용은 왜 왔다 간 겁니까?

한민성이 한나에게 물었다.

홍화용, 홍화용…….

한나의 남편이 중얼대듯 말했다.

그건 왜?

아내가 휴대폰에서 눈을 떼며 말했다.

아니, 그렇잖아. 왜 굳이 와이프 친구 집에…….

당신은 왜 왔는데?

나야 형님 뵈러…….

정말이야?

삼봉이가 짖었다.

밤엔 짖지 않는데 이상하네. 울음 끝이 길어서 늑대 소리 같았다. 잠시만요.

한나가 밖으로 나가자 한나의 남편이 웃음을 터트렸다. 눈 동자가 조금 풀려 있었다.

내가 예전엔 아주 잘나갔다고. 정말이야. 좋은 시절이 있었지. 자네, 혹시 믿지 못하는 건가? 아까도 그러더니…….내가 이래 봬도 젊을 땐 누구 못지않았어. 그리고 아직도 죽지 않았단 말이야. 내 꿈은 늙기 전에 양쪽에 이렇게, 이렇게, 여자를 끼고 술을 마시며 한량이 되는 거야. 반드시 증명할 테니 두고 보라고. 그가 두 팔을 쫙 벌려 의자 등받이에 올려놓으며 이죽거렸다. 자네는 아닌가? 시치미 떼는 거야?

제발, 한나가 부엌으로 들어오며 말했다. 내가 원하는 바예요.

대답해보라구, 자네도 그렇지 않아?

그는 한민성만 노려보듯 쳐다보았다.

취하셨네요. 이제 그만 주무시죠.

아니, 아니, 아직 원주를 맛보지 않았잖나. 여긴 밤이 아주 길어. 긴긴밤이 될 거야. 원주를 가져올 테니 잠시만 기다리게. 자자, 정신 차리고, 다시 시작해보자고.

그는 벌떡 일어서서 작은방으로 들어갔다. 방에서 여러 가지 소리가 들렸다. 한민성은 틈틈이 카톡을 확인해보았지만 차윤선에겐 답이 없었다.

시계를 보니 자정이었다. 하늘은 맑게 개어 있었고 유성우는 지나갔다.

산장 위로 별이 찬란하게 빛났다.

휴가

준왕은 부끄러움을 많이 타는 아이였다. 조용해서 눈에 띄지 않았으며 친구들 뒤로 물러나거나 숨던 아이. 책은 좋아했지만 학교 공부와는 담을 쌓았고 특별한 재능도 없어서 이도저도 아니었던, 성장마저 더뎌 키가 아주아주 작았던 사촌동생. 그 애의 부모가 이혼할 때 큰고모는 작은어머니가 근무하는 호텔로 찾아가 망신을 준 뒤 조카인 준왕을 뺏어왔다. 작은아버지는 일을 나가야 했으므로 누나인 고모들에게 준왕을 자주 맡겼다. 겨우 여덟 살이었던 준왕이 네 명의 고모 밑에서 어떤 마음으로 지냈는지 영주는 알지 못했다. 어쩌다 엄마에게 준왕의 근황을 물어보면 괜한 타박만 돌아왔다. 걔가 그렇게 일찍 철이 들었다더라, 누구하고는 다르게! 준왕보다 일곱 살이 많았던 영주는 당시 사춘기가 찾아와서 시답잖은 이유로 부모와 세상에 화를 내느라 준왕에 대해 더는 궁금해하지 않았다. 그래도 자라면서 간간이 소식은 들었다. 특별하다고 생각될 정도로 많은 일을 겪어낸 준왕은 서른세 살에 꿈을 접고 양식점을 열었다. 펍을 겸한 이탈리안 레스토랑을.

*

영주는 준왕의 뒷모습을 바라봤다. 그 애는 오픈형 주방에서 직원 두 명과 분주히 움직였는데 행동에서 여유가 묻어났다. 이제 준왕은 어린애가 아니었다. 영주는 얼굴이 잘 붉어지던 어린 시절의 준왕을 떠올리며 세월의 거리를 좁혀보려 그 애에게 집중했다.

부끄러워서 그래.

큰고모가 말했다. 고모들이 왔는데도 사장인 준왕이 주방에 박혀 있다는 건 다름 아닌 부끄러움 때문이라고.

알지, 알아. 어릴 때부터 저랬다니까.

음식 준비하느라 그런 거지, 우리에게 잘해주려고.

넷째고모가 말하자 둘째고모가 면박을 줬다.

애, 모르면 가만히나 있어.

고모들은 구석에 앉아 준왕의 뒷모습만 바라봤다. 흰머리를 검게 염색하지 않은 그녀들은 나이 든 노인 같았다. 준왕이 홀 쪽으로 몸을 돌리면 그녀들은 말을 멈추고 조카의 시선을 기다리며 미소를 지었다. 준왕은 고모들의 그런 마음을 전혀 모르는 것 같았다. 준왕은 자신의 일에만 집중했고 춤을 추듯 요리했다. 실제로 가게에는 힙한 음악이 흘러나오고 있었는데 준왕은 그 리듬에 맞춰 몸을 들썩이며 바운스를 탔다. 절제되고 세련된 동작이었다. 준왕의 팔뚝에 까맣게 새겨진 문신도 함께 꿈틀댔다. 커다란 화덕에서는 슈바인학센이 지글지글 익어갔다. 영주는 주위를 쓱 둘러본 뒤 테이블 위의 벨을 눌렀다. 띵동, 하고 벨소리가 울리자 고모들이 눈을 둥그렇게 뜨며 영주를 쳐다봤다. 정말이지 세 쌍둥이 같았다.

왜? 뭐 때문에?

영주의 엄마가 놀란 목소리로 물었다.

영주는 어깨를 으쓱한 뒤 달려온 종업원에게 말했다.

생맥주 한 잔 주세요.

저희는 생맥주가 없는데요.

없다잖아, 차는 어쩌려고.

엄마가 영주의 등을 후려쳤다.

병맥주만 있어요. 여기, 메뉴 보실래요?

종업원이 메뉴판을 내려놓자 큰고모가 메뉴판을 한 손으로 밀어내며 말했다.

제일 비싼 걸로 줘요.

그러곤 영주에게 동의의 눈빛을 보냈다.

좋은 걸로 먹어라, 우리 준왕이 매상 올려줘야지. 둘째고모가 일어서며 말했다. 나, 화장실 좀 다녀올게.

같이 가.

넷째고모도 의자를 밀어내며 천천히 일어났다.

가장 비싼 맥주는 일본산 흑맥주였다. 나쁠 것 없다고 생각하며 영주는 오랜만에 만난 그녀들의 행동을 주시했다. 고모들은 어떤 상황에서도 느릿느릿 움직였는데 굼뜬 거랑은 달랐다. 악어가 먹잇감에 고요히 다가가 순식간에 해치우는 것과 비슷했다. 어느새 둘째고모는 주방 앞에 있었다. 넷째고모도 바싹 따라붙었다.

쟤, 쟤들이…….

큰고모가 혀를 찼다.

두 고모는 뒤돌아선 조카와 드디어 눈이 마주쳤다. 준왕이 흰 이를 드러내며 활짝 웃었다. 동시에 두 고모에게 뭐라고 말했는데 영주가 앉은 테이블에선 들리지 않았다. 음악 소

162

리가 제법 컸고 레스토랑이 아담하긴 했지만 자리에서 주방까지는 거리가 있었다. 영주는 종업원이 가져온 맥주를 잔에 가득 부어 한 번에 들이켰다. 쌉싸름한 맥주가 식도를 차갑게 식히며 내려갔다. 다시 잔을 채우고 보니 고모들은 사라지고 없었다.

변했어, 완전히. 큰고모가 맥주병 뚜껑을 따더니 컵에 콸콸 부었다. 원래는 유약한 아이였는데.

무대에서 노래하는 거 보셨잖아요? 쟤한테 그런 면이 있을 줄은…… 저는 정말 상상도 못 했다니까요. 엄마는 한 톤 높아진 목소리로 말했다. 게다가 결승전이라니요, 세상에.

몇 년 전 준왕은 힙합가수를 발굴하는 서바이벌 오디션 프로그램에서 몇 번 우승했다. 엄마는 결승전이라고 말하고 다녔지만 정확하게는 결승전에 가기 위한 과정 중에 탈락했다. 준왕은 마지막에 이제는 엄청나게 유명해진 제이지라는 래퍼와 대결했는데 전혀 긴장하지 않고 무대를 완전히 장악했다. 누가 뭐래도 무대 위에서 준왕은 왕이었다. 하지만 일상으로 돌아오면 예전 그대로였다. 말수 없고 수줍은 미소를 짓는 아이. 형과 누나들 뒤로 숨듯이 물러나는 동생. 늘 그랬듯이. 만약에 준왕을 작은어머니가 데려가지 않았더라면(이혼했던 작은어머니는 준왕이 열여덟 살이 되자 자신이 책임지고 아들을 대학에 보내겠다며 가족들을 설득했다) 저 애는 지금쯤 뭘 하고 있었을까, 영주는 준왕의 삶의 변곡점마다 그런 생각을 했었다. 저 애에게 작은어머니가 있어 다행이라고.

언니, 안 온대.

둘째고모가 자리에 앉으며 큰고모에게 말했다.

병수가 전화를 안 받아.

넷째고모가 덧붙였다.

병수가 안 와? 늦어도 온다며? 큰고모의 목소리가 높아졌다. 그녀의 목소리는 평상시에도 동굴에서 말하는 것처럼 울렸다. 큰고모는 숨을 크게 내쉬더니 따라놓은 맥주를 단숨에 들이켰다. 준왕이가 그래?

아유, 조용히 좀 해. 둘째고모가 말했다. 이따 준왕이 엄마가 온대, 퇴근하고.

이제 오후 다섯 시였다.

뭐어? 여기가 어디라고?

아유, 언니, 작게 얘기하라니까.

*

준왕이 열여덟 살에 셋째고모가 죽었다. 셋째고모는 연년

생으로 세 아들을 낳은 뒤 당뇨에 걸려 오랜 세월 고생하다 합병증이 왔다. 병문안을 갔다가 셋째고모의 까맣게 변한 발가락을 본 영주는 슬픔이 복받쳐 한 시간을 울었다. 그칠 만하면 몸 곳곳의 상처가 보였다. 채소가 부패하는 것처럼 셋째고모의 몸이 그랬다. 영주는 결국 전화를 받고 달려온 큰고모에게 끌려서 나왔다. 셋째고모는 영주가 가장 좋아하던 어른이었다. 모든 조카들이 그랬을 테고 올케였던 영주의 엄마도 그랬다. 셋째고모는 인자하고 너그러웠다. 게다가 부유해서 남편 모르게 친정을 도왔다. 형제자매들은 셋째고모 덕분에 각자의 힘든 시기를 버텨낼 수 있었다. 셋째고모가 드러내고 책임졌던 아이는 준왕이었다. 준왕과 작은아버지가 지낼 작은 아파트를 마련해주었으며 나머지 세 고모가 그들을 돌볼 수 있도록 물심양면으로 도왔다.

이혼한 작은어머니가 셋째고모에게 다녀갔다는 건 엄마에게 전해 들었다. 그땐 이미 셋째고모의 병세가 악화되어 중환자실에 계실 때였다. 돌아가시기 한 달 전쯤이었나.

걔가 이혼하기 전에도 시집에 참 잘했었지.

엄마의 말에 영주가 물었다.

정말 바람이 나서 이혼한 거야?

그 시절의 어른들은 아이들에게 진짜 이유를 가르쳐주지

않았다.

네 큰고모가 오해한 거야, 잘 알지도 못하면서.

엄마는 돈 때문이라고 했다. 건축일을 하던 작은아버지가
손대는 일마다 망하자 그 빚을 감당하던 작은어머니마저 주
저앉은 거라고. 이혼하지 않았더라면 작은어머니는 지금도 빚
을 갚으며 살고 있었을 거라고. 작은어머니는 넉넉한 집안의
장남과 재혼했다. 맞벌이였는데도 그 집안의 모든 제사를 책
임지며 사랑받는 며느리가 되었다. 이혼 전에는 영주네 집에
와서도 제삿일에 열심이었다. 설익거나 타던 호박전이 그림처
럼 예쁘게 부쳐졌을 때 작은어머니는 작은아버지를 떠났다.
오래 걸렸지만 결국은 고모들로부터 아들을 되찾았다. 준왕은
지방대학교에 합격했으며 래퍼의 꿈을 키웠다. 서바이벌 오디
션에서 탈락했지만 두 장의 앨범을 냈다.

준왕의 노래 중에 이런 가사가 있었다.

여덟 살 내 소원은 삼천 원만 가져보는 것. 길에서 팔던
어묵을 원 없이 먹어보는 것. 상계동 연금매장에서 팔았던 피
자빵 야 나 한 입만 안 하고 사서 먹어보는 거. 친구들이 먹을
때 옆에서 구경하던 나는 거지 같은 존재.

영주는 놀라서 엄마에게 물었다.

고모가 도와주지 않았어? 엄마도 가만있진 않았을 테고.

엄마는 한숨을 내쉬며 대답했다.

네 작은아버지가 통 말을 안 하니까.

이런 가사도 있었다. 노래 제목은 작은아버지 이름이었다.

어머니와 헤어졌을 때 죄진 눈빛으로 날 쳐다보던 아버지,
단 하루도 밉지 않았다면 거짓말이겠지.

준왕은 셋째고모에 대한 노래도 했다.

고모네 냉장고엔 슈퍼보다 맛있는 게 많았어. 고모는 우리
막내 다 먹으라며 활짝 웃어주셨지. 그런데 이상했어, 고모는
아파서 사이다를 마시면 안 되는데 물 대신 사이다를 마셨지.
가슴이 답답하다면서. 점점 까매지는 고모의 얼굴, 걱정이 되
었네.

*

고모들이 다 함께 이동할 땐 대개 막내인 작은아버지가 기
사 노릇을 했다. 건설 현장의 일용직으로 살아가는 작은아버
지는 다른 모든 것은 처분해도 이십 년 넘은 승용차는 남겨두
었는데 영주가 짐작하기에 그건 고모들 때문이었다. 그는 누
나들의 기사를 자처했다. 형제자매들이 모이는 걸 좋아했다.
하지만 오늘은 작은아버지에게 사정이 생겼다고 해서 영주가

(정확하게는 큰며느리인 영주의 엄마가) 나서야 했다. 영주는 두 아이를 동생에게 맡기고 고모들이 모인 방배동으로 갔다. 엄마의 부탁 때문이었지만 고모네는 집에서 십 분 정도의 거리밖에 안 되었고 무엇보다 준왕이 보고 싶었다. 오너셰프라니. 영주는 준왕이 셰프가 될 거라고는 생각해보지 못했다. 몇 년 보지 못한 사이 그는 갑자기 셰프가 되었다. 마치 하늘에서 뚝 떨어진 것처럼. 배짱이처럼 노래만 부르며 살 줄 알았는데.

레스토랑의 테이블이 하나둘 손님으로 차기 시작했고 종업원들은 분주해졌다. 영주는 준왕만 쳐다봤다. 준왕이 요리에 몰두하는 모습은 아무리 봐도 낯설었다. 종업원이 주문을 받고 주방보조를 하는 동안 준왕은 요리만 했다. 무언가를 썰고 볶고 구웠다. 준왕이 만든 음식이 영주네 테이블에 나올 때도 준왕은 주방에 있었다. 인스타에 올라왔던 화려한 요리들이 눈앞에 펼쳐졌다. 바삭하게 구운 슈바인학센, 눈이 내린 듯 치즈를 뿌린 치킨커리그라탕, 페스트리 도우로 만든 마르게리따…….

정말 양파는 보이지 않았다. 양파 없는 양식점이라더니.

재가 어릴 때부터 양파를 싫어했거든.

큰고모가 말하자 둘째고모가 덧붙였다.

감자볶음을 해주면 양파만 골라냈잖아. 달걀찜에 몰래 양파를 넣었는데 귀신같이 알아채더라고.

이거, 썰어서 갖다주실래요?

영주가 종업원에게 슈바인학센을 가리켰다.

아니, 그만둬요. 종업원이 슈바인학센이 담긴 접시를 가져가려 하자 큰고모가 말렸다. 내가 썰어줄게, 준왕이 바쁠 텐데.

영주는 전에 엄마가 했던 말이 기억났다. 네 큰고모는 힘이 좋아서 무딘 칼을 써야 한다, 칼을 한 번 갈았다가 손가락이 잘릴 뻔했다나.

그래, 얼른 잘라봐. 둘째고모가 큰고모에게 나이프를 건넸다. 저 화덕이 이천오백만 원이래, 이태리 꺼. 맛있게 구워졌을 거야.

큰고모는 돼지 다리를 두부 썰 듯 쓱쓱 잘랐다. 엄마는 피자를 한 입 베어 물더니 삼키지도 않은 채 고모들에게 권했다.

세상에, 피자가 이런 맛이 나네요.

무슨 돼지가 이렇게 맛있어?

넷째고모가 슈바인학센을 씹으며 말했다.

영주는 포크로 파스타를 돌돌 말아 입에 넣었다. 조개와

마늘 향이 입안 가득 번졌다. 이게 준왕이 만든 거라고? 얼마 전까지만 해도 노래를 부르던 저 아이가? 큰고모가 손으로 슈바인학센을 집어 영주 입에 넣어주었다. 씹으면서도 침이 고였다.

안 되겠어.

둘째고모가 일어섰다.

언니, 왜?

넷째고모가 둘째고모의 손을 지그시 잡았다.

병수랑 얘기를 해봐야지.

병수랑 왜?

오라고.

못 온다잖아.

오라고 해야지.

앉아서 전화해.

내 전화를 안 받잖아, 준왕이한테 시켜보려고.

준왕인 바쁘잖아.

넷째고모가 둘째고모를 다시 자리에 앉혔다.

톡 남겨봐. 큰누나가 통화하자 한다고.

큰고모가 말했다.

아유, 속상해 죽겠네.

둘째고모가 말했다.

준왕인 셋째 언니가 보낸 거잖아. 넷째고모가 말했다. 유언이었잖아, 잊었어?

지금 그게 무슨 상관이야?

둘째고모의 목소리가 높아졌다. 레스토랑은 시끄러웠지만 고모들의 목소리는 선명했다.

입맛에 맞으세요?

그들 앞에 준왕이 우뚝 서 있었다.

언제 왔어? 여기 앉아.

둘째고모가 벽쪽으로 붙으며 급하게 자리를 내어줬다.

아녜요. 준왕이 또 흰 이를 드러내며 웃었다. 맛은 괜찮으세요? 음식이 더 나올 거예요.

너무 맛있어. 큰고모가 말했다. 최고야.

그래, 정말 최고야. 둘째고모와 넷째고모가 말했다. 살살 녹아.

우리 준왕이 축하한다.

엄마의 눈에 주름이 잡혔다.

요리는 언제 배운 거야? 영주가 말했다. 이 정도면 미슐랭 가이드 리스트에 오르겠는데?

고마워, 누나. 준왕이 웃음을 터트렸다. 더 맛있는 걸 해줄게. 종업원이 테이블에 와인과 와인잔을 놓고 갔다. 제가 좋아하는 와인이에요, 피노누아. 준왕이 와인잔에 천천히 와인을 따르기 시작했다. 고모들이 일제히 준왕의 손끝을 쳐다봤다.

얼마 전 고모들은 네이버 인물정보에서 준왕을 검색해보았다가 새로운 사실을 알았다. 준왕의 인물정보에 기재된 아버지 이름은 작은아버지가 아니었다. 계부의 이름이었다. 고모들은 충격에 휩싸였다. 우리 준왕이가 누구야? 나씨 집안에 하나뿐인 아들 아니야? 돌아가신 아버지 어머니 얼굴을 어떻게 봐? 말은 그렇게 했지만 영주도 알았다. 고모들은 부계의 혈통을 중요하게 여기지 않았다. 그런 부류의 사람들은 아니었다.

얼굴이 더 좋아졌네.

큰고모가 말했다.

살이 많이 쪘어요. 준왕이 마지막 잔을 채우며 말했다. 메뉴 개발하느라 안 먹을 수가 없었거든요.

보기 좋아. 둘째고모가 잔을 치켜들었다. 다 같이 짠 할까?

모두 잔을 들어 올리는데 식당 문이 열렸다. 영주는 손을 든 채 고개를 돌려 그쪽을 쳐다봤다. 작은어머니였다. 영주는 자기도 모르게 자리에서 벌떡 일어서고 말았다.

작은어머니는 화려했지만 차분했다. 붉은 립스틱을 진하게 발랐는데 원래 입술인 것처럼 자연스러웠다. 유난히 긴 목과 마르고 곧은 몸. 젊음은 사라졌지만 예전 모습이 많이 남아 있었다. 늘 그랬듯 흐트러짐 없는 단정한 자세로 작은어머니는 고모들을 찾아냈다.

*

그때를 떠올리면 영주는 생각만으로도 눈이 부셨다. 작열하던 태양과 대기를 팽팽하게 조이던 매미 울음소리. 소리의 가운데를 잘라낸 것 같던 순간적인 적막.

조각난 기억들.

한여름의 바다.

민박집은 키가 엄청나게 큰 소나무 군락 앞에 있었다.

민박집 앞으로는 유난히 넓은 모래사장과 바다가 펼쳐졌다. 그곳은 섬이 아니었지만 섬 같았다. 네 고모네와 영주네와 작은아버지네, 그러니까 나씨의 여섯 가족이 함께했던 여름휴가였다. 아이들까지 합해 스무 명이 넘었다. 영주는 초등학생이었다. 이 학년이었는지 삼 학년이었는지 정확하진 않지만 어쨌든 그즈음이었다. 이전에도 가족들은 몇 번인가 휴가를 함께했는데 그 이후로는 없었다. 그때가 나씨 가족들의 마지막 휴가였다. 그 휴가는 비극으로 끝났고 가족 모두에게 여전히 아물지 않은 상처가 되었으니까.

망망 해수욕장이었다.

고모들은 이고 지고 온 짐을 풀어놓고 분주히 움직였다. 스무 명이 넘는 가족들의 식사를 해결해야만 했다. 그녀들이 뙤약볕 아래에서 불을 피워올릴 때 영주는 모래사장으로 뛰었다. 언니와 오빠들이 앞서 달렸고 영주 뒤로는 동생들이 따라왔다. 준왕은 아주아주 어렸다. 갓난아기나 다름없었다. 그 애는 너무 울어대서 고모들 등에 돌아가며 업혔다. 작은어머니는 고모들보다 한참 어렸고 그녀들의 수족이었다. 작은어머니는 민박집 구석구석을 빠르게 파악해서 고모들이 필요한 걸 다 가져다주었다. 영주가 보기에 그네들은 자매 같았다. 아무도 서로에게 함부로 대하지 않았다.

네 명의 고모부들이 뭘 했는지는 기억에 없다. 그들은 대사 없는 엑스트라처럼 평상에 누워 있거나 선풍기 바람을 쐬거나 그때를 복기할 때마다 조금씩 모습만 바뀐다. 그러다 큰고모가 남자들에게 이렇게 소리친다.

가서 수박이나 사 오슈.

그럼 다들 벌떡 일어선다. 큰고모는 집안의 공공연한 대장이었으니까.

수박 좋지! 그런데 어디서 사?

초입에 과일가게 있었잖아요.

그랬나?

어이구 답답해라…….

큰고모가 말을 끝내기도 전에 작은아버지가 나선다.

제가 봤어요, 다녀올게요.

고모부들이 작은아버지를 따라 우루루 민박집을 나간다. 한참 뒤 수박을 열 통이나 샀다고 욕을 먹긴 하지만 어쨌거나 고모부들은 임무를 완수한다. 그리고 큰고모가 시킨 대로 뜨끈뜨끈한 수박을 그물망에 넣어 바위와 바위 사이 바닷물에 담가놓았다.

작은아버지는 모래사장으로 나와 아이들을 지켜보았다. 작은아버지는 다정하고 따뜻했다. 차갑고 날카롭고 부정적인 아빠랑은 완전히 달랐다. 영주는 어릴 땐 작은아버지와 결혼하고 싶었고 자라면서는 그의 딸이 되고 싶었다. 매일매일 누군가의 다정한 마음을 받는다면 전혀 다른 인생이 될 것 같았다. 더구나 그 누군가가 작은아버지라면.

작은아빠.

응?

왜 작은엄마랑 결혼했어요?

엄청 이쁘잖아, 우리 영주보단 못하지만.

사촌오빠들은 얼굴이 까만 영주를 못난이라고 불렀다.

예쁘면 다예요?

그건 아니야. 작은아버지가 껄껄 웃으며 영주의 머리를 쓰다듬었다. 우린 같은 꿈을 꾸거든, 난 네 작은엄마와 외국인을 위한 리조트를 만들 거야. 난 집을 짓는 사람이고 네 작은엄만 영어를 전공했잖아.

동생들이 모래성을 쌓다가 작은아버지를 한 번씩 돌아봤다.

리조트가 뭐예요?

재밌게 놀고 편안히 쉬는 곳. 저 민박집이랑 비슷해.

아아 민박집.

재밌게 놀고…… 편안히 쉬는 곳. 영주는 작은아버지의 말을 따라서 해봤다.

조심해! 작은아버지가 벌떡 일어났다. 사촌오빠 셋이 한 명을 시커먼 물속으로 처박고 있었다. 셋째고모의 아들 셋은 원래 짓궂었다. 어어어어, 저런.

작은아버지가 뛰었다. 영주도 따라서 달렸다. 작은아버지는 바다로 뛰어들었다. 허둥대고 넘어지며 오빠들에게 갔다. 물에 빠진 오빠를 온 힘을 다해 안아 올렸다. 큰고모의 아들이 죽은 것처럼 몸을 축 늘어뜨렸다. 작은아버지는 오빠를 업고 나와 모래사장에 눕혔다. 사촌들이 큰고모의 아들을 둥그렇게 둘러쌌다. 넓어지기 시작한 그들의 등이 그늘을 만들어주었다. 바다 위엔 노오란 튜브만 둥둥 떠다녔다. 오빠가 물을 토해내며 깨어나자 모두 안도의 한숨을 내쉬며 모래 위로 드러누웠다. 작은아버지도 누웠다. 모두 바닷물에 흠뻑 젖은 채였다. 누워 있자니 태양 때문에 눈이 멀어버릴 것 같았다. 해를 피해 고개를 돌리자 거대한 벼랑이 보였다. 해변의 끝에는 절벽이 있었다. 사촌들은 다시 바다로 뛰어들었지만 영주는 절벽을 향해 걸었다. 왜 걸었는지 무슨 생각을 하며 걸었는지는 기억나지 않는다. 다만 해변엔 그늘 한 점 없었다는 것과 정신을 잃을 정도로 긴긴 길이었다는 게 강렬한 이미지로 남아 있다. 영주는 걷고 또 걸었다. 아무리 걸어도 절벽은 가까워지지 않았다. 닿을 수 있을 것 같지 않았다. 숨이 찼다. 그만.

이제 그만.

영주는 지쳐서 돌아섰다. 해변의 무수한 모래알이 거울처럼 빛을 튕겨냈다. 너무 멀리 왔나? 대기를 장악한 열기가 영주를 덮쳤다. 반대편 끝에도 절벽이 보였다. 영주는 방향을 잃었고 어지러웠고 두려웠다.

그곳은 마치 무인도 같았다.

어디로 가야 할지 알 수 없었다.

발자국을 봐라. 작은아버지의 말이 생각났다. 길을 잃으면 왔던 길을 그대로 되돌아오면 돼. 영주는 발밑을 내려다봤다. 걸어온 길을 따라 모래가 푹푹 패어 있었다. 영주는 발자국을 따라 걸었다. 발자국의 흔적이 희미해졌을 때 저 멀리 작은아버지가 보였다. 그러자 마음이 놓였고 마음이 놓이자 눈앞이 빙글빙글 돌았다. 작은아버지는 영주의 이름을 부르며 달려왔다.

매미가 울었다.

괜찮니?

둘째고모였다. 영주는 방 안에 누워 있었다. 가족들의 시끌시끌한 소리가 문지방을 넘어왔다.

정신이 좀 들어? 큰고모가 부채질을 해주며 말했다. 너, 작은아버지 아녔으면 큰일 날 뻔했어. 바다가 얼마나 넓은데 겁도 없이.

언니. 셋째고모가 문 앞으로 와서 말했다. 수박이 안 익었어.

딴 거 잘라봐, 열 통이나 사 왔는데.

세 개를 잘랐는데 다 그래.

잘못 산 거 같아요.

작은아버지가 말했다.

하나 들고 와봐. 큰고모가 말하자 작은아버지가 수박을 가져왔다. 큰고모가 손만 살짝 댄 것 같은데 수박이 반으로 쪼개졌다. 맹탕이네, 먹어봤어?

응, 안 익었다니까.

바꿔 와.

바꿔도 소용없을 거 같아요.

작은아버지가 말했다.

그래?

큰고모가 벌떡 일어섰다.

직접 가시게요?

여섯 개 남았지? 그거 들고 앞장서.

고모 네 명과 작은아버지가 민박집을 나섰다. 영주가 보기에 그녀들은 천하무적이었다. 큰 소리를 내는 사람들은 아니었으나 순식간에 상대를 제압했다. 익지 않은 수박을 해결하는 건 그녀들에게 식은 죽 먹기나 다름없었다. 작은아버지가 앞장섰다. 셋째고모와 넷째고모가 그 뒤를 그리고 둘째고모, 큰고모가 수박을 들고 춤을 추듯 걸었다. 마치 소풍을 떠나는 사람들처럼 유쾌해 보였다. 그녀들은 느릿느릿 걷는 것 같았는데 영주는 뛰듯이 쫓아가야 했다. 길은 하나였고 가는 길에 민박집을 두어 채 지났다. 과일가게는 신작로 앞에 있었다. 가게라기보다는 노점이었다.

머리가 벗어진 아저씨가 수박을 앞에 두고 앉아 있었다. 뜨거운 햇빛을 고스란히 받아내면서. 아저씨는 수박을 들고 나타난 고모들을 아래위로 훑었다. 참외와 포도 위로 파리가 쉬지 않고 앵앵대며 날아다녔다. 큰고모가 수박을 내려놓으며 말했다.

수박이 안 익었어요.

엥? 그럴 리가요?

아저씨가 과하게 목소리를 높였다.

환불해줘요.

환불? 여기서 산 거 맞소?

아까 제가 계산했는데요.

작은아버지가 말했다.

그랬나아?

열 통을 샀는데 여섯 통뿐이에요. 여섯 통만 환불해줘요.

둘째고모가 말했다.

네 통이나 드셨으면 맛있었나 보네. 괜한 트집 잡는 거 아뇨?

아저씨가 앞에 있는 수박을 통통 치며 말했다.

안 익었다니까요.

무슨 소리야, 내가 키운 걸 직접 따왔는데.

뒤에서 조용히 지켜보던 셋째고모가 아저씨에게 다가갔다. 큰고모가 옆으로 비켜서며 자리를 내줬다. 셋째고모는 아저씨 앞에 서서 가지고 온 수박을 천천히 치켜들었다. 영주의 시선이 수박을 좇다가 해를 정면으로 맞닥뜨렸다. 찬란한 햇살이 두 눈을 찔렀다. 영주가 눈을 질끈 감았을 때 셋째고모가 수박을 바닥으로 내쳤다. 퍽. 큰고모가 든 수박을, 둘째고모가 든 수박을 건네받아 바닥으로 던졌다. 퍽. 퍽. 퍽. 수박이 시멘트 바닥 위로 산산이 부서졌다. 희멀건 속살이 영주의 다리까지 튀었다. 넷째고모의 등에 업혀 있던 준왕이 잠에서 깨어 큰 소리로 울었다. 매미가 울었다.

*

작은어머니와 고모들의 불편한 만남을 앞에 두고 영주는 수박을 떠올렸다. 보면서도 믿을 수 없었던 광경, 셋째고모의 그 만행을.

작은어머니는 곧장 영주네 테이블로 걸어왔다.

오셨어요?

준왕이 작은어머니를 보더니 활짝 웃었다.

자네가 여긴 웬일인가?

큰고모가 말했다.

큰형님, 안녕하세요. 둘째형님 막내형님 잘 지내셨어요? 작은어머니가 고모들에 이어 엄마를 보며 안부를 전했다. 형님도 건강하셨죠?

세상에, 이게 얼마 만이야.

이십 년이 넘었지?

이십 년이 뭐예요. 고모들 말에 엄마가 맞장구쳤다. 이십오 년은 된 것 같은데요?

앉게.

큰고모의 말에 그제야 작은어머니는 자리에 앉았다. 작은어머니가 앉자 준왕은 주방으로 들어갔다. 큰고모가 뭔가를 말하려다 그만뒀고 잠시 침묵이 흘렀다.

셋째고모도 계셨더라면 좋았을 텐데요.

영주가 말했다.

셋째?

둘째고모와 넷째고모가 동시에 영주를 쳐다봤다.

저는 가끔 셋째고모가 그리워요. 오늘처럼 고모들을 만나는 날에는 더요.

셋째형님이 참 잘해주셨죠…….

작은어머니가 천천히 등을 뒤로 기댔다. 그리고 긴 한숨을 내쉬었다.

개가 다 좋아한 음식들이야.

둘째고모가 테이블 위의 요리를 보며 빠르게 말했다. 말투가 고모답지 않았다.

셋째언니가 준왕이를 얼마나 끔찍하게 생각했는데…… 다들 알지?

넷째고모의 목소리도 평소와는 달랐다.

그래서, 큰고모가 작은어머니에게 물었다. 여긴 무슨 일로 왔는가? 무슨 말을 하려고?

얼마 전에 준왕이랑 휴가를 다녀왔어요. 작은어머니가 와인을 마시며 다리를 꼬았다. 예전처럼 허리가 곧았다. 기억나세요? 망망 해수욕장요. 거기로 갔어요.

망망?

큰고모의 큰 목소리가 더 커졌다.

우리가 묵었던 민박집이 근사한 리조트가 되었더라구요.

세상에, 거길 갔다고?

넷째고모가 탄식하듯 말했다.

자네, 미쳤나?

큰고모가 앞에 놓인 와인을 단숨에 들이켰다.

망망 해수욕장이라니. 영주도 놀랐다.

작은어머니 입에서 나올 얘긴 아니었다.

망망 해수욕장의 밤은 느리고 평화로웠다. 그날은 달이 크고 아주 낮게 떴다. 밝은 밤이었다. 아이들은 손에 찐 옥수수를 쥐고 대청마루와 방을 정신없이 넘나들었다. 잡고 도망가다 누가 하나 넘어지면 모두 자지러지게 웃었다. 넘어진 애도 웃었다. 별것도 아닌 일에 웃음이 났다. 어린 동생들은 언니 오빠를 쫓아다니다 주저앉아 울음을 터트렸다. 같이 좀 놀아 줘라! 고모가 그렇게 소리치면 영주는 뒤돌아 잠시 동생들을 챙겼다.

고모들은 평상에서 수다를 떨었다. 준왕은 내내 울다가 고모 등에서 잠들었다. 고모들은 막내인 준왕을 특별히 사랑했다. 철썩거리는 파도 소리가 모래사장을 건너왔다. 밤인데도 매미가 울었다. 파도 소리와 매미 소리가 밤의 적요함 속에 리드미컬하게 섞였다. 시계를 보지 않아도 밤이 깊어가는 것을 느꼈다. 영주는 자고 싶지 않았다. 하지만 그땐 어린이가 잠을 자지 않으면 죽을지도 모른다 믿었고 휴가는 앞으로 이틀이나 더 남아 있었다.

그만 자라!

큰고모가 말했다.

아이들은 큰 방에 들어가 주르륵 누웠다. 영주와 동생들은 안쪽에 오빠들은 바깥쪽으로 자리잡았다. 눈을 말똥말똥 뜨고 있는데 하얀 벽에 손 하나가 불쑥 올라왔다. 그림자는 실제보다 과장되어 마치 괴물 같았다. 아아악. 모두 소리를 질렀다.

자라니까!

큰고모가 큰 소리로 말했다.

오빠들은 숨죽여 낄낄대며 계속 그림자를 만들어냈다. 여러 마리의 괴물이 쫓고 쫓기고 싸우다 죽었다. 한 마리가 죽으면 새로운 괴물이 태어났다. 동생 한 명이 울음을 터트렸고 영주가 얼른 동생의 입을 틀어막았다.

쉿, 울지 마. 전부 가짜야.

가짜아?

그래, 가짜. 너도 해볼래? 영주가 동생의 손을 잡고 위로 올렸다. 그러자 벽에 두 마리의 괴물이 나타났다. 괴물은 바로 우리 그림자야, 움직여볼래?

동생이 팔을 치켜든 채 좌우로 흔들었다. 괴물이 흐느적댔다.

정말이네.

동생이 낄낄댔다.

안 자면 짐 싸서 집에 간다!

큰고모가 소리쳤다.

영주는 어느 순간 잠들었다. 아주 깊게 잠이 들었다. 심해로 더 깊이 고요히 가라앉다가 갑자기 물 밖으로 끌려나온 것처럼 민박집의 소란스러움을 느꼈다. 누군가는 뛰어나갔고 누군가는 소리를 질렀으며 누군가는 영주의 몸을 흔들었다. 목소리는 아득하게 들렸다. 여러 이름 중에 영주는 자신의 이름을 들을 수 있었다. 영주……. 영주야, 영주야?

영주야!

작은아버지였다.

영주가 채 정신이 들기도 전에 작은아버지가 영주를 들쳐업었다. 영주는 그 방에서 마지막으로 나왔다. 그 뜨겁던 열기와 숨 막히는 연기를 영주는 생생히 기억한다. 민박집은 불타오르고 있었다. 어른들이 아이들 한 명씩을 안거나 업고 있었다. 준왕은 작은어머니 품 안에서 자지러지게 울었다.

여보, 준희는? 준희야?

작은어머니가 정신없이 고개를 두리번거렸다.

영주와 그림자놀이를 하다 함께 잠들었던 준희는 밖에도 안에도 없었다.

아무도 없었는데.

작은아버지가 불길 속으로 뛰어들었다. 방과 방을 넘나들었다.

민박집은 한 시간 만에 잿더미로 변했다.

준희는 벽장 안에 숨어서 잠든 채로 불탔다. 준왕보다 세 살이 많았던 준왕의 누나. 화장실 전등이 어두워 종이컵에 세워뒀던 촛불이 벽으로 옮겨붙었을 거라고 가족들은 짐작했다. 모두 그렇게 믿는 것 같았다. 영주는 다르게 생각했다. 영주는 누군가가 불을 지른 게 아닐까 상상했고 세월이 지나면서 그렇게 믿게 되었다. 셋째고모가 던진 수박과 불타오르던 민박집이 겹쳐서 떠올랐다. 그 이미지는 준왕을 만나면 어김없이 찾아왔다. 당시 준왕은 두 살이었으므로 누나를 기억하지 못했고 가족 누구도 준희의 존재에 대해 그 화재에 대해 말하지 않았지만 준왕은 알고 있는 것 같았다. 그러니까 그 애는 준희를 등에 업고 다닌 것이다. 울음을 그치지 않는 누나를 내려놓지 못했을 것이다.

아무것도 모르면서.

형님. 작은어머니가 말했다. 준왕이와 둘이서는 첫 여행이었어요. 정말 좋았어요. 왜 이제야 휴가를 왔나 싶을 정도로…….

큰고모는 물을 벌컥벌컥 마셨다.

오늘, 나씨 모임인 거 준왕이가 얘기 안 했어?

둘째고모가 말했다.

들었어요. 작은어머니가 대답했다. 그래서 뵙고 싶었어요.

우리를?

휴가 동안 형님들 생각이 많이 났어요. 그래서 준왕이에게 솔직히 얘기했는데, 오늘 아침에 전화를 했더라구요, 고모들을 초대했다고.

이따 병수가 올 거야.

알고 있어요.

봤으니 이제 가봐.

전 괜찮아요, 한 잔만 더 따라주세요.

작은어머니가 큰고모에게 와인잔을 내밀었다.

괜찮다고? 큰고모가 말했다. 준왕이 아버지 이름이 새아버지로 되어 있던데, 무슨 그런 경우가 다 있어?

내가 따라줄게.

둘째고모가 얼른 몸을 일으키더니 와인병을 잡았다.

대답해보게.

아유, 언니. 둘째고모가 말했다. 몇십 년 만에 만나서 왜 그래.

그건 그냥 사고였네.

큰고모가 작은어머니를 노려보듯 쳐다봤다.

주방에서 화르륵 불이 타올랐다. 불길이 높게 치솟았다가 꺼졌다. 찰나였다. 철판과 기름이 맞닿는 소리. 불은 한 번 더 타올랐다. 모두 놀란 듯 입을 닫았다.

아이구, 준왕이가 요란하게 요리하네. 진짜 셰프 같어!

넷째고모가 침묵을 깨자 엄마가 맞장구쳤다.

그러네요 형님, 준왕이가 다 컸네요.

그래그래, 다 컸다니까.

둘째고모가 작은어머니의 잔을 채워주었다.

준왕이 새로운 요리를 내왔다. 가져와선 접시를 큰고모 앞으로 내려놓았다. 잘 익은 소고기가 철판 위에서 치직치직 소리를 냈다. 구운 양파가 곁들여져 있었다.

내가 고기 좋아하는 걸 기억하네?

큰고모의 표정이 환해졌다.

아버지한테 연락했어요, 오시라구요.

준왕이 말했다.

병수한테? 잘했다, 잘했어. 둘째고모가 이어서 조심스럽게 물었다. 온대?

전화 주신대요.

준왕이 어깨를 으쓱했다.

온다는 거야, 안 온다는 거야?

아유, 오시겠죠. 엄마가 말했다. 도련님이 약속 안 지키는 거 보셨어요?

드셔보세요.

작은어머니가 포크로 고기를 푹 찍어서 큰고모에게 건넸다.

됐네, 됐어. 내가 먹어.

큰고모가 손사래를 쳤다.

드세요.

작은어머니가 포크를 쥔 손을 거두지 않았다.

큰고모는 포크를 받아서 고기를 입에 넣었다.

살살 녹네.

어디, 나도 먹어봐야지. 둘째고모가 고기 한 점을 찍어서 입에 넣었다. 영주 너도 먹어봐라.

맛 괜찮으세요?

준왕이 물었다.

너무 맛있어. 큰고모가 말했다. 최고야.

그래, 정말 최고야. 둘째고모와 넷째고모가 말했다. 살살 녹는다니까.

*

작은어머니는 한 시간 정도 뒤에 일어섰다. 고모들에게 건

넨 마지막 인사말은 건강하세요, 였다. 영주는 작은어머니를 배웅하려고 함께 밖으로 나왔다. 그제야 작은어머니는 영주의 근황을 물었고 영주의 둘째딸 나이를 듣더니 고개를 끄덕였다.

한창 예쁠 때구나.

영주의 딸은 여섯 살이었다.

댁에 어떻게 가세요?

영주가 물었다.

택시를 탈 거야. 작은어머니가 걸음을 멈추고 말했다. 이제 들어가봐.

같이 걸어요. 영주는 작은어머니와 골목길에서 큰길까지 천천히 걸었다. 한낮처럼 밝은 저녁이었고 매미가 울었다. 작은어머니는 괜찮아 보였다. 그런 것 같았다. 괜찮으세요?

응? 작은어머니가 가슴을 내려다보며 말했다. 작은어머니는 몇 달 전에 왼쪽 가슴을 절제했다. 그리고 항암 치료를 받았다. 어깨 위에서 찰랑대는 풍성한 머리카락은 가발이었다. 괜찮아, 정말이야. 걱정할 것 없어.

남자애 세 명이 웃고 소리를 지르며 둘을 스쳐 지나갔다. 열서너 살 정도 되어 보였다. 한 명이 쫓기고 나머지가 쫓는 모습이었다. 그 아이들과 몸을 부딪친 작은어머니가 넘어지지 않으려고 휘청대며 중심을 잡았다.

남자아이들이란. 작은어머니가 핸드백을 고쳐 메며 으르
렁대듯 말했다. 뛰고 구르고 넘어지고 주먹질하고……. 세상
에, 그러다 불까지 지르는 거야. 영주가 놀란 얼굴로 쳐다보
자 작은어머니가 당황하며 굳어진 인상을 폈다. 미안, 미안.
내가 무슨 말을 하는 거야.

큰고모였던가? 둘째고모였던가? 아니, 셋째고모? 그때 영
주는 고모 손을 붙잡고 민박집이 불타는 걸 지켜봤다. 그들
곁에는 동네 주민들과 근처 피서객들과 대머리 수박 아저씨
가 있었다. 소방차가 골목으로 진입하지 못해 소방관이 여섯
개의 호스를 연결해 들어왔을 땐 민박집이 전소된 후였다. 셋
째고모의 세 아들은 화재 앞에서 흥분해 더 뛰어다녔으며 준
왕은 쉬어서 갈라진 목소리로 울었다. 그 애는 울어도 너무
울었다. 영주는 무서웠고 집으로 돌아온 뒤엔 그날을 지우려
노력했다. 모두 준희를 가슴에 품고 입을 닫았다.

갈게.

붉게 칠한 입술로 작은어머니가 말했다. 작은어머니는 흐
트러짐 없는 단정한 자세로 택시에 올랐다. 차창을 내리고 유
난히 긴 목을 보이며 손을 흔들었다.

말하진 않았지만 마지막이란 것을 알았다. 다시 만나게 된
다면 그건 아마도 준왕의 결혼식이 될 거라고 영주는 생각했다.

* 본문에 인용된 랩 가사는 진준왕의 노래 〈진병수〉를 참고하였습니다.

서로가 서로에게 속물인 세상

허희(문학평론가)

1. 표리부동의 처세술

『월든』을 남긴 작가로 유명한 헨리 데이비드 소로는 일기에 이런 문장을 쓴 적이 있다. "사람들과 가까이 지내면서도 나는 진정한 교제를 고통스럽게 갈망한다. 하지만 이는 결코 충족될 수 없는 소망이다."* 그는 세속에서의 생활이 마치 스스로를 죽이는 일인 것 같다고 적어놓기도 했다. 그래서 사회 대신 자연에 머물기를 희망했으리라. 오늘날 사람들을 피해

---

* 헨리 데이비드 소로, 박명숙 편역, 「1853년 4월 3일 일기」, 『소로의 문장들』, 마음산책, 2020, 254쪽.

은거하는 '자연인'들의 모습을 보노라면, 소로의 정신이 현대에도 면면히 이어진다는 사실을 확인할 수 있다. 그러나 모두가 소로를 비롯한 자연인처럼 살지는 못한다. 실상 이들은 예외적 존재라서 주목받는 것이다. 다수의 사람은 타인과 얽힌 사회에서 살아간다. 무리에서 떨어져 나오는 선택보다는 무리에 속해 있는 편이 자연스러워서다. 사회의 평범한 일원이 아닌 괴짜가 되는 길은 쉽지 않은 결단을 필요로 한다.

그런데 사회의 평범한 일원으로 사는 길도 편안하지만은 않다. 1997년 이른바 'IMF체제' 성립 이후 한국은 속물이 지배하는 사회가 되었기 때문이다. 한 사회학자는 이를 스노보크라시(snobocracy)라고 규정한다. 그는 자기 내면의 목소리를 귀기울여 듣는 진정성을 잃어버리고, 타인지향적 삶을 추종하며, 도구적 성찰성만을 발휘하는 스노비즘이 2000년대를 관통하는 마음의 레짐(regime)이라고 정의 내린다.* 특징적인 점은 만연화된 스노비즘을 비판하는 사람조차 본인이 속물이 아니라고 자신할 수 없다는 데 있다. 서로가 서로에게 속물인 세상은 구성원들을 기만하고 상처 입힌다. 그러는 한에서 속물은 나이고, 당신이며, 곧 '이웃들'의 얼굴이다. 진하리가 여

* 김홍중, 「1장 진정성의 기원과 구조」·「2장 삶의 동물/속물화와 존재의 참을 수 없는 귀여움」·「3장 스노비즘과 윤리」, 『마음의 사회학』, 문학동네, 2009, 17~100쪽 참조.

섯 편의 단편에서 전달하려는 메시지 가운데 하나가 여기에
있다.

그것은 형식적으로도 드러난다. 마지막 작품 「휴가」를 제
외한 다섯 편의 소설은 연작의 성격을 갖는다. 「야외수업」의
주인공 '태미'는 「해피버스데이」에, 「해피버스데이」의 '한
나' 부부는 「향기롭고 쌉쌀한」에 다시 나온다. 이 외에 「이
웃들」과 「지나간 이야기」도 동일한 세계관을 공유한다. 어
느 작품에서는 조연이던 인물이 또 다른 작품에서는 주연으
로, 혹은 그 반대로 전환된다. 이는 나와 당신이 세계에 표상
되는 방식을 보여주는 동시에, 상호 이웃으로 살아감을 증명
하는 설정이다. 이때의 이웃은 물론 살가운 관계를 뜻하지 않
는다. 이웃사촌이라는 명칭이 통용되던 시절로부터 우리는 너
무 멀리 떠나왔다. 이웃은 물리적으로는 가까이 있되 심정적
으로는 아득한 타인의 동의어이다. 진하리 소설에서도 마찬가
지다. 인물들은 친밀하다기보다는 친밀함을 연기하고, 위로하
는 척하면서 슬며시 배신한다. 표리부동이야말로 그들의 신조
이다.

2. 타인이라는 적

이것을 검토하는데 소설집에 수록된 어떤 작품을 봐도 상관없을 테지만, 표제작 「이웃들」을 중심으로 다른 작품을 함께 언급하는 방편을 취하려 한다. 이 소설에서 각 작품과의 연결고리를 파생시킬 수 있고, 작가가 드러내려는 바도 명징하게 발견할 수 있는 까닭이다. 「이웃들」은 세 부부의 모임에 초점을 맞춘다. 태하아빠와 엄마, 재이아빠와 엄마(파라: 재이엄마의 이름이 '파라'인 것은 「지나간 이야기」에서 밝혀진다), 루키아빠와 엄마(주연)이다. 이 작품의 주인공이라고 할 만한 인물은 '주연'인데, 다른 인물과 달리 그녀만 서술자에게 이름으로 불리며, 그녀와 '노인' 및 '여자' 사이에 에피소드가 발생하기 때문이다. 세 부부가 정기적으로 모이는 자리에서 이들은 태하아빠의 제안으로 게임을 시작한다. 그 게임이란 자신이 알고 있는 이웃의 비밀을 밝히는 것이다. 자기 의견은 제외하고 직접 본 것만 이야기해야 한다는 단서를 달았지만 어느새 경계는 흐릿해진다.

그럴 수밖에 없다. 직접 본 것이라는 제한을 두고 객관성을 담보하는 척하지만, 이러한 이웃 이야기는 가십과 뒷소문의 속성을 띤다. 남에 대한 음험한 대화를 통하여 그들은 본

인만은 결백한 존재라고 믿어버리기 때문이다. 또한 속물적이고 의뭉스러운 남 이야기를 하는 동안 나는 구설의 대상으로 전락하지 않는다는 안도감, 그러한 구별 짓기가 빚어내는 효과야말로 이웃의 비밀을 화제로 올리는 이유이다. 루키아빠는 성희롱을 일삼는 목사의 성추문을, 재이엄마는 아동 유튜버 아람의 틱과 아람엄마의 멍을, 주연은 "노인의 애인"이라고 추정되는 여자를 거론한다. 다들 그렇듯이 주연도 사실만 전한 것은 아니다. "주연은 여자가 한 달 전 일어난 실종사건에 연루되었다고 믿었다. 노인이 컨트리클럽에 간 사이 노부인이 혈흔을 남긴 채 증발해버린 미스터리 사건에. 여자가 첫 번째 용의자였는데 그녀는 노인과 컨트리클럽에 동행했다는 게 밝혀졌다. 수사는 제자리걸음이었고 노부인의 행방은 묘연했다."(41쪽)

여자와의 불쾌한 첫 만남도 한몫했으리라. 주연은 엘리베이터에서 겪은 황당한 사건, 여자가 자신에게 "착한 척하네."라고 비아냥대던 순간을 똑똑히 기억한다. 그렇지만 주연은 자신이 놀이터에서 소년(여자의 아들)에게 한 행동은 기억하지 않는다. 주연은 루키를 괴롭히는 소년의 주의를 돌리겠다는 의도로 반짝이는 사탕을 바닥에 던졌다. 그러자 소년은 미끄럼틀 위에서 바닥으로 몸을 던졌는데, "주연은 사과하지 않았다. (……) 주연은 서둘러 루키와 집으로 돌아왔고 그날을 기억에서 지웠다."(62쪽) 주연이 소년을 떠민 것은 아니지만 도의적인 책임에서 자유로운 것은 아니다. 화장실에서 마주친 여자는 주연에게 그 점을 상기시킨다. 더불어 복수를 예고한다. 가시적 폭력이 아니라 소문으로 비가시적 폭력을 행사하겠다는 선언이다. 똑같은 형태의 앙갚음이다.

여자에 관해서 발설했으나 주연이 침묵한 이웃의 비밀도 있다. 재이엄마를 보다가, 주연은 며칠 전 있었던 성민의 실종과 성민엄마가 계모라고 올린(「야외수업」에서 태미가 밝혔다) 동네 단체 채팅방의 메시지를 떠올린다. 주연은 "재이엄마도 계모"임을 알지만 공공연하게 이를 알리지 않는다. 다만 의식하고 있다. 계모를 소위 '정상 가족'의 흠결로 보는 세태 자체를 마땅히 문제 삼아야겠지만, 이웃들 사이에서 이와 같은 윤리적 논의는 이루어지지 않는다. 그들은 사회적 관습을 의심 없이 따르는 도덕적 잣대로 이에 부합하지 않는 구성원을 백안시한다. (구성원은 이를 내면화하여 루머에 휩싸이지 않으려고 애쓴다. 「지나간 이야기」의 재이엄마를 보라.) 카를 슈미트가 설파한 정치는 적과 동지를 구분하는 것이라는 명제를 이들은 충실히 따른다. 그는 다음과 같이 쓴다. "적이란 바로 타인, 이방인이며, 그 본질은 특히 강한 의미에서 낯설고 이질적인 존재라는 것으로 족하다."* 적은 악하거나 추한 존재가 아니다. 집단에 동일화되지 않는 모든 이가 정치적 적인 셈이다.

3. 반성을 반성하지 않기

정치적 적에 대하여『이웃들』의 인물은 노골적으로 적대하지 않는다. 배타성을 스스럼없이 드러내는 것은 세련된 태도가 아니기 때문이다. 공작은 은밀하게 행해진다. 그리고 그것은 자기 잘못을 은폐하는 행위에 가닿는다. 세간에 비난받을 일을 저질렀을지언정, 알려지지 않으면 괜찮다고 여기며 그들은 타인과 본인마저 속인다.「해피버스데이」의 한나 부부와 '윤화' 간의 에피소드,「향기롭고 쌉쌀한」의 '민성' 부부와 한나 부부, 그에 더하여 수연 부부와의 에피소드가 대표적이다. 한나 남편(준성)은 소리친다. "다들 정신 차리라고." 이는 타인에게만 향하는 일갈이 아니라 스스로에게도 적용되는 외침이다. 예전이나 지금이나 과연 그가 정신을 차리고 살았다고 할 수 있는가. 이것은 속물들의 향연을 그려내는 데 일가견이 있는 홍상수 감독의 영화 〈극장전〉(2005) 마지막 독

* 카를 슈미트, 김효전 · 정태호 공역,『정치적인 것의 개념』, 살림출판사, 2012, 39쪽.

백과 겹친다. "생각을 해야겠다. 정말로 생각이 중요한 거 같아. 끝까지 생각하면 뭐든지 고칠 수 있어."

그들이 정신 차리지 않고 생각하지 않는 것은 아니다. '왜'와 '어떻게'라는 메타적 질문이 결여되어 있을 뿐이다. 그러하기에 나름대로 정신 차리고 생각하며 산다고 해도, 결론적으로는 전혀 그렇지 않은 삶을 사는 것이 되어버린다. 김수영의 시 「절망」을 비틀어 말하면 이들의 반성은 반성을 반성하지 않는다. 이웃 같은 명백한 타인에게는 그럴 수 있다고 보는 사람도 있을 듯하다. 그러나 진하리는 혈연으로 묶인 가족도 다르지 않음을 「휴가」에서 예증한다. '영주'는 사촌 동생 '준왕'이 개업한 "펍을 겸한 이탈리안 레스토랑"에 고모들과 같이 방문한다. 어린 준왕은 네 명의 고모 밑에서 컸으므로 그녀들은 조카에 대한 애정이 남다르다. 하지만 동생과 이혼한 올케와의 관계는 그러지 못하다. "그 애의 부모가 이혼할 때 큰고모는 작은어머니(준왕의 엄마 – 인용자)가 근무하는 호텔로 찾아가 망신을 준 뒤 조카인 준왕을 **뺏어왔다**."(159쪽)

그로부터 오랜 세월이 지났다. 그 사이 준왕은 재혼한 어머니에게로 돌아갔고, 유망한 래퍼에서 오너 셰프로 전직하면서 듬직한 어른의 면모를 풍긴다. 이러한 그를 바라보는 고모들의 마음도 흐뭇하다. 한데 작은어머니가 이곳에 나타나면서 그간 감춰져 있던 '실재(the real)'가 수면 위로 떠오른다. 준왕이 두 살이던 때 망망 해수욕장으로 떠났던 단체 가족 휴가였다. 동행했던 영주에게도 잊을 수 없는 사건으로 남았다. "그 휴가는 비극으로 끝났고 가족 모두에게 여전히 아물지 않은 상처가 되었으니까."(174쪽) 당시 민박집에 화재가 발생하면서 준왕의 누나인 '준희'가 죽었다. 사고인지 방화인지 분명하지는 않지만, "원래 짓궂었"던 "셋째고모의 아들 셋"의 소행으로 작은어머니가 확신하고 있음이 결말에 제시된다. 실은 그녀뿐 아니라 모두가 짐작하고 있었는지도 모른다. 하지만 이렇게 모르는 척, 그런 사건이 아예 일어나지 않았던 것인 양 산다. 진실이 가려지지 않아도, 진실을 보는 자기의 눈만은 필사적으로 가리면서.

『이웃들』은 "'중산층의 복잡한 세태와 심리를 끌어내는 관점과 주제의식이 새롭다'는 평"* 을 받으면서 2022년 심훈문학상을 수상했다. 그러한 심사평을 존중하되 이 책의 타깃층이 중산층에만 국한되지 않는다는 점을 확실히 해두고 싶다. 위에서 기술한 대로 서로가 서로에게 속물인 세상에서 속물은 나이고, 당신이며, 곧 '이웃들'의 얼굴이기에 그러하다.

* 구모룡 · 김강 · 홍기돈, 「2022년 심훈문학상 소설 부문 심사경위」, 『아시아』, 2022년 가을호, 196쪽.

친밀하다기보다는 친밀함을 연기하고, 위로하는 척하면서 슬며시 배신하는 인물은 중산층만으로 한정되지 않는 현재의 군상이다. 이에 대한 어떠한 소설적 대안이 있을 수 있나. 진하리는 섣부른 해결책을 논하지 않는다. 그저 스노비즘이 장악한 현실의 양상을 투시도처럼 재현하였을 따름이다. 단편의 임무는 이로써 완수되었다. 이후 과제는 독자의 몫으로 남을 텐데 당신은 어떨까. 속물로서 자신의 속물성을 부인하는 저급 속물로 남을까, 그렇지 않으면 속물로서 자신의 속물성을 인정하는 고급 속물로 변화할까.

작가의 말

여기 실린 여섯 편의 소설은 2019년 여름부터 2022년 봄 사이에 쓴 것이다. 고치고 다듬는 데 생각보다 많은 시간이 걸렸다. 돌이켜보니 아홉 달이 지났다. 애정을 쏟는다고 자식이 내 뜻대로 자라주지는 않는 것처럼 내 소설도 그랬다.

몇 년 전 친구가 깊은 산속에 그림 같은 집을 짓고 귀촌했다. 해발 700미터의 산장에서 발밑으로 지나가는 구름을 보며 나는 「향기롭고 쌉쌀한」 이야기를 구상했다. 그 이야기가 꼬리에 꼬리를 물어 연작소설을 썼다. 그러니까 「향기롭고 쌉쌀한」은 이 소설집의 시작인 셈이다. 퇴고를 거쳐 소설이 완성될 즈음 산장의 주인이었던 한나는 그곳을 떠났다. 산장에서 190킬로미터 정도 떨어진 한적한 마을로 이사해 카페를 열었다. 낮엔 이즈니 버터와 잠봉햄을 듬뿍 넣은 샌드위치를 만들어 팔고 밤엔 그림을 그리는 대신 시를 쓰게 되었다. 요즘은 가끔 나에게 카톡으로 시를 보낸다. 아직은 미완인 그녀의 시가 나는 참 좋다.

마지막에 수록된 「휴가」는 가장 나중에 쓴 소설이고 다른 다섯 편과는 결이 다르다. 연남동에 이탈리안 레스토랑을 연 사촌동생을 찾아갔다가 그 애의 뒷모습을 보며 구상한 이야기다. 지금은 그 이야기를 잇는 새로운 연작소설을 쓰고 있다. 연작이란 형식은 내가 가장 좋아하는 방식이며 그런 식으로 이야기를 확장해 나갈 때 쓰는 기쁨을 느낀다.

마지막까지 최선을 다할 수 있도록 배려해주시고 애써주신 김지연 편집자님과 아시아 출판사에, 해설을 맡아주신 허희 평론가님께 감사드린다. 내가 품고 있던 이야기를 나의 색으로 쓸 수 있게 응원해주신, 늘 함께 해주신 손홍규 선생님께 깊은 감사의 마음을 전한다.

2023년 6월
진하리

이웃들

ⓒ 진하리

2023년 6월 26일 초판 1쇄 발행

지은이 진하리
펴낸이 김재범
인쇄·제책 굿에그커뮤니케이션
종이 한솔PNS
펴낸곳 (주)아시아
출판등록 2006년 1월 27일 제406-2006-000004호
주소 경기도 파주시 회동길 445
전화 031.944.5058
팩스 070.7611.2505
이메일 bookasia@hanmail.net

ISBN 979-11-5662-634-3 03810